致丹崖书

李福林　编注

辽宁人民出版社

© 李福林　2019

图书在版编目（CIP）数据

致丹崖书 / 李福林编注. —沈阳：辽宁人民出版社，
2019.12（2024.1重印）
ISBN 978-7-205-09715-8

Ⅰ.①致… Ⅱ.①李… Ⅲ.①刘春烺（1849-1906）—生平事迹 ②书信集—中国—清代 Ⅳ.①K825.4 ②I264.9

中国版本图书馆CIP数据核字(2019)第 168174 号

出版发行：辽宁人民出版社
　　　　　地址：沈阳市和平区十一纬路25号　邮编：110003
　　　　　电话：024-23284321（邮　购）　024-23284324（发行部）
　　　　　传真：024-23284191（发行部）　024-23284304（办公室）
　　　　　http://www.lnpph.com.cn
印　　　刷：辽宁新华印务有限公司
幅面尺寸：170mm×240mm
印　　张：7.5
字　　数：150千字
出版时间：2019年12月第1版
印刷时间：2024年1月第2次印刷
责任编辑：孙姝娇
装帧设计：邱茂炜
责任校对：吴艳杰
书　　号：ISBN 978-7-205-09715-8
定　　价：48.00 元

编　委　会

序

杨抱朴

　　书信在我国有着悠久的历史,据考证春秋战国时期就有了。历史上著名的书信有李斯的《谏逐客书》、司马迁的《报任安书》、丘迟的《与陈伯之书》等。书信又称简、柬、札、函、尺牍等。书信是古人传递信息和沟通感情的最好媒介,颜之推《颜氏家训》引江南谣谚说:"尺牍书疏,千里面目也。"也就是说接到亲友书信,即使远隔千里也仿佛见到了本人,亦即人们常说的"见信如面"。古人是非常重视书信的,因为书信承载着亲情、友情、诚信以及历史和文化,书信是古代文人不可或缺的东西,也是古代散文中最受人们热爱的文体。

　　本书信集收录了友人写给辽东三才子之一的刘春烺的二十余件信札。这些信札的内容有的是例行公事,有的是友朋之间互通情愫,情致款款,十分感人。左宝贵是爱国将领、民族英雄,他在镇守奉天时,写信让刘春烺帮助筹集粮食。这一方面说明左宝贵与刘春烺关系至密,另一方面也说明刘春烺有威信,是位关心国事的实业家。杨显廷写给刘春烺的信,是将左宝贵的生平履历呈上,为刘春烺写左宝贵事迹提供参考。左宝贵在中日甲午战争中为国捐躯,朝廷给予表彰,光绪皇帝赐谥"忠壮公"。杨显廷是左宝贵部下,刘春烺曾致函索取素材,以备撰文之用。从这点来看,刘春烺还是满怀用世之心的。奉天府尹廷杰来书欲延刘春烺主讲沈阳学堂,对刘春烺的人品和学品均予以赞誉,从一个侧面也可以看出刘春烺在当时的广泛影响。

　　如果说左宝贵、杨显廷和廷杰寄给刘春烺的信多少还有些客套,带有某种公函意味的话,那么荣文达、王子谦和李龙石给刘春烺的信函则显得情真意切。荣文达为刘春烺好友,举人。曾为奉天大学堂总教习,辽东三才子之一。信中言及会试落第后的窘境,与好友倾诉心曲。王子谦为刘春烺好友王甲臣之父,王甲臣曾与刘春烺一同进京赴试,返乡途中经大凌河不幸溺水而亡,刘春烺曾致函慰问,并拟春节后去登门探望亡友之父。该函从另一角度也可以看出刘春烺的仗义。

该集中收李龙石写给刘春烺的信最多,将近20封。李龙石(1841-1907),原名澍龄,字雨农,举人。曾状告昌图知府赵守璧徇私枉法却被反咬一口,锒铛入狱。晚年设馆于家乡。著有《李龙集》。李龙石亦为刘春烺好友,并结为儿女亲家,辽海地区文化名流。从光绪七年(1881)到光绪十六年(1890)共九年间,保存下来李龙石寄给刘春烺的信共18封。这些信件中李龙石记述了自己含冤入狱、滞留京师、回故里课徒,以及多次感谢刘春烺的馈赠等等。喜怒哀乐,尽现笔端。从中可以看出二人的深情厚谊。

该集书信的作者都是文人雅士,都是有社会责任感的文化人,这些书信极具史料价值,作者通过一件件小事,展示清代末叶的历史画卷。这里涉及军事、政治、文人逸事以及饮食文化等,是19世纪末叶辽海文人生活的剪影。这些文献在今天看来都是十分珍贵的。反观当下,现代化信息传递虽十分便捷,书信却与我们渐行渐远,便捷的同时又增怅惘,总觉得当下的文化兑水太多了,这又不能不令人浩叹!

福林兄近年致力于乡贤刘春烺研究,出了一系列成果,口碑甚好。近来又裒辑刘春烺的友朋信札为一册,便于研究刘春烺及其友人,实为功在千秋之举,有惠学林。我与福林兄相交近三十年,素嘉其努力致学,抢救乡邦文化,便应允为其大著写序。上述所言,不知当否,敬乞福林兄和广大读者指正。

2014年12月12日于沈阳师范大学
(作者为沈阳师范大学书法教育研究所所长,教授)

目　　录

序 …………………………………………………… 杨抱朴（1）

光绪皇帝征调刘春烺赴朝廷任职的谕旨 ………………… （1）

左宝贵写给刘春烺的信 …………………………………… （3）

左宝贵部下统领杨显廷的来信 …………………………… （4）

奉天府尹廷杰的来书 ……………………………………… （5）

辽河冷家口开浚碱河碑记 ………………………… 李维桢（6）

题刘冬葛梅龙图 …………………………………… 房毓琛（8）

致刘东阁同年书 …………………………………… 荣文达（9）

复东阁书 …………………………………………… 王子谦（12）

报刘冬阁谱弟书 …………………………………… 李澍龄（15）

复刘东阁谱弟书 …………………………………… 李澍龄（17）

寄刘东葛启 ………………………………………… 李澍龄（20）

致刘冬葛启 ………………………………………… 李澍龄（24）

与刘东阁书（一） ………………………………… 李澍龄（30）

书后又一纸 ………………………………………… 李澍龄（35）

与刘冬葛老谱弟说帖 ……………………………… 李澍龄（39）

与刘东阁老弟启 …………………………………… 李澍龄（42）

与刘东阁书（二） ………………………………… 李澍龄（46）

复刘冬葛书 ………………………………………… 李澍龄（53）

报丹崖书 …………………………………………… 李澍龄（64）

再报丹崖书 ………………………………………… 李澍龄（74）

答丹崖子启 ………………………………………… 李澍龄（78）

再复丹崖书 ………………………………………… 李澍龄（82）

谢东阁赐湖笔彩笺香珠建茶并朱红印色小启 ………… 李澍龄（87）

寄丹崖说帖 ………………………………………… 李澍龄（90）

寄东葛小启 ………………………………………… 李澍龄（93）

馈东阁河蟹启 ……………………………………… 李澍龄（97）

附录一　辽海文化名流为刘春烺书写挽联 ………………　（101）

附录二　李龙石年谱 ……………………………… 李恩轩（107）

光绪皇帝征调刘春烺
赴朝廷任职的谕旨

十月初三日，军机处交片称：

本日军机大臣面奉谕旨①：李秉衡②奏保荐人才一折，单内所开奉天举人刘春烺，据称精天文舆地之学，才堪录用等语。

著总理各国事务衙门③咨行李秉衡，调取来京。

钦此。

相应传知贵衙门钦遵可也。

十月初十日，行山东巡抚李秉衡文称：

光绪二十一年十月初三日，军机处交片称本日军机大臣面奉谕旨：

李秉衡奏保荐人才一折，单内所开奉天举人刘春烺，据称精天文舆地之学，才堪录用等语。著总理各国事务衙门咨行李秉衡，调取来京。

钦此。

钦遵抄交前来，相应咨行贵抚遵：即饬传该举人刘春烺迅速来京可也。

此资料选自台湾黄福庆主编的中国近代史资料汇编——《保荐人才、西学、练兵》。这是光绪皇帝于光绪二十一年（1895）十月初三日，接到山东巡抚李秉衡举荐刘春烺的奏折后，口授给军机大臣的谕旨。

【注释】

①面奉谕旨：皇帝口授施行的旨意。

②李秉衡：字鉴堂，光绪二十年五月授为安徽巡抚。中日甲午战争爆发后，清政府调李秉衡为山东巡抚。

③著（音 zhuó）：同"着"，使，派。总理各国事务衙门：简称"总理衙门""总署""译署"，清政府为办洋务及外交事务而特设的中央机构。

左宝贵写给刘春烺的信

东阁仁兄大人阁下：

久违英采，时切遐思。辰谂起居安适，动履随和为颂。现因顺天来电，仍求代购赈粮，兹派胡雨亭赴屯街采买沈斗红粮三四千石，小米二三千石。为此，函致阁下暂缓来省，即希费神帮同招呼，以期早为买齐，是所拜托。

弟省垣从公，碌忙如昨。幸尚耐劳，堪以告慰。匆匆布泐①，敬请　文安。

顺颂　秋釐，余惟霭照不具

愚弟　左宝贵　顿首

左宝贵,清末著名将领,写此信,请刘春烺帮忙筹粮。

【注释】

①布泐（音lè）：用于谢信。特鸣谢。

左宝贵部下统领杨显廷的来信

东阁仁兄大人阁下：

适奉复书，如获拱璧①。盥薇捧读②，备悉教言。敝前总兵忠壮公，殊勋遗爱③，固属非常。然非非常之文，不能彰其善。幸蒙有道表扬，足使卓著当时。流光史册，泉壤④有知，益深知己之感。而弟等钦佩，更难铭言。当如台命⑤，将忠壮公履历缮写呈上，以备采叙。至速而挂漏，莫如迟而周详。尤征尽心，此举必求美备。曷胜⑥欣感！肃此⑦拜答。

敬请

道安　诸悉

雅鉴不宣

愚弟　杨显廷　顿首

总兵左宝贵在中日甲午战争平壤之役中，壮烈牺牲。光绪帝钦赐谥号"忠壮公"。刘春烺决定执笔撰写其事迹材料，曾写信请杨显廷提供有关素材。

【注释】

①拱璧：古代一种大型玉璧，用于祭祀。

②盥薇捧读：用蔷薇露洗手，然后再阅读书信。

③殊勋遗爱：立下特殊的功勋，遗留仁爱于后世。

④泉壤：犹"泉下"，地下。指墓穴。

⑤当如台命：对对方嘱托的敬称。

⑥曷胜：何胜。

⑦肃此：敬此。对尊长书札用语。

奉天府尹廷杰的来书

东阁仁兄：

先生有道，夙仰高贤，不啻①泰山北斗。而珂乡②咫尺，一面缘疏，溢令人响慕无已。伏想虎皮坐拥，麈尾雄谈。瞻望鹤云，每以早获晤对为快。

兹有恳者，沈阳建立学堂，迭奉明谕催办。当此，规模初创，百废一新。必待通今博古之才，方胜济世匡时之任。先生隆中抱膝，管乐为俦。当亦念之大局艰难，慨然思奋。所愿闻鸡蚤起，叱驭前行。务请玉趾贲临，为弟等南针之助。士民幸甚，学堂幸甚。除托王乃赓孝廉代达外，专笺奉迓。立盼来旌，顺颂，燕安。祗希监察，诸容面罄不尽。

　　　愚弟　廷杰　顿首

【注释】

①不啻：不但、不只、不仅。

②珂乡：尊称他人的乡里为"珂里""珂乡"。

辽河冷家口开浚碱河碑记

李维桢

辽河官堤之设，盖昉于有清。康熙至咸丰末年，西岸由冷家口门溃决，循双台子潮沟分流入海。而下流之水，遂杀其十之四，亘数年不为害。同治十二年，春旱断流，又误为土人堙塞。繇是，屡有溃溢，久苦胥沦①。光绪二十年，江苏严君作霖来奉赈灾，出巨赀为障水费。将军依公尧山，饬当事者补筑之。

比七月水涨，新旧堤尽圮②。河之决于东者十六段；决于西者十九段。依帅以省南氾滥为灾，谘于众，谋所以宣泄之道。北镇举人刘君春烺建议：以为辽河累岁向上递浚，水之就下愈迅。而三岔河并未加宽，上流之屡决，势所必至；旋溃旋堵，即旋堵旋决，终不可以持久。莫若循冷口故道，别浚碱河，析之入海。依帅韪之，檄同知马君俊显会勘，而以刘君董工作。记工之所施，东西亘三十里。刘君乃仿元郭太史③之法，以"勾股"策地绘图。命役就河心取土，抛岸成堤。北堤需土计十二万方，又培南岸旧堤，需土八万方，其程功每丈取土二十方，每方工资二三分不等。凡需银一万四千两，越一岁工竣。濒河各邑：如新民、盘山、台安、海城等，沮洳库下潢潦④之区，渐成沃壤。秋获或倍上地，民之沾乐利者，至今垂二十余年，厥功伟矣！

古之治水者，顺其性。鲧堙禹浚⑤，利害相悬。若刘君者，排补苴堵御之议，而畅其尾闾⑥，此岂但规近利者哉！盘海居民，念刘君佳惠，请纪其事。予既喜此碱河通畅，而又虑见小利者，或误以堵塞为得策也。爰颉其巅未勒之石，并列被泽各区首事者于碑阴。后之人，知创始者艰难，尚其守而勿替焉。

北镇李维桢记
中华民国十二年

　　本文载于《盘山县志》，是李维桢（字子栋，号朴园居士，清代末科进士，今黑山县中安堡人）应辽河下游盘海台等县商民之邀而撰写。

【注释】
①胥沦：全部淹没。
②圮（音 pǐ）：塌坏，倒塌。
③郭太史：即郭守敬（1231−1316），元朝的天文学家、数学家、水利专家和仪器制造专家。
④沮洳（音 jù rù）：由腐烂植物埋在地下而形成泥沼。庳下：低下。潢潦：地上流淌的雨水。
⑤鲧堙禹浚：鲧（音 gǔn），夏禹王的父亲。堙：封堵。浚：疏浚。
⑥尾闾：此指河流入海之末端。

题刘冬葛梅龙图

房毓琛

铁干破壁啸风雨，　　大枝夭矫①小枝舞。

百岁老龙飞下天，　　入地出地尾在土。

我闻成都有梅龙，　　鳞爪皆具头峥嵘。

几回梦见苦不识，　　今观此画心冲冲。

东葛刘子识古意，　　兼金购此寻丈势②。

冷云走壁瑶花寒，　　满堂遂有阴阳气。

或言天女花散天，　　老龙一指能解禅。

只恐大千少生意，　　一朝化此驱春妍。

我有一言近刘子，　　君家③相国天下士。

祠中古柏苍龙蟠，　　之而作作中宵起。

胡弗觅工图此图，　　拿空尺木非模糊。

掉尾霖雨来天衢，　　坐令四海苍生魂。

这首七言古诗载于荣文祚所编《辽东三家集·隔梦草堂诗草·卷二》。是房毓琛为刘春烺所藏《梅龙图》的题诗。

【注释】

①夭矫：茂盛挺拔。

②兼金：价值倍于常金的好金子。寻丈势：指八尺到一丈之间的长度，此指《梅龙图》的尺寸大小。

③君家：汉朝皇帝与刘春烺同姓，故称刘姓为君家。

致刘东阁同年书

荣文达

东阁五弟足下：

自度辽后，诸况想仲南①书中及之。达以铩羽②抢地，郁郁北归。自家似鼠，则动少伏多。畏人如虎，则既避犹悸。达复何求，难看者，市井小儿一笑耳。百病俱发，睡则惊悟，无祈死之勇，而借苟活之义；诵还山③之吟，而有添债之累。意气消残，廉耻丧尽，知我者谓我何哉？

正月六日，与吾乡魏柏岩④同车赴都。至省见韵松⑤，知仲南业已北上。咫尺九嶷⑥，顿足怅恨。达此行也，非听鼓以应官，将执鞭而求富⑦。碌碌因人，今习惯矣。人到以驵侩⑧奴隶自待，尚何不可为。每当独立苍茫，万感俱集，白云在天，野色苍然，时念故人，自为破涕。至乃日暮路远，错莫无光，黄尘四起，眼中落落。则又失声一歌，既思古人，未尝不叹也。尝谓吾弟，如鸿荒太古，元气未凿⑨，兼瞻视非常壮哉！勉之迩来，拮据何如？

达路经抚广一带，知今朝昨日风景不殊。然南塘制炮，夏峰捍郊。天命在吾尘海中，自有安乐世界。每一思及于吾弟，气吞云梦⑩，知之塞北，宿莽⑪渐深。市上少年，带刀横马，捕命登俎，切人如泥。王烈有不化之乡，鲁连无可蹈之海。此高天厚地，昔之人所以益穷愁也。

达以弃物才薄，心胸加以坎壈⑫。燃眉亲朋，诮拙于今抱子⑬焉。年长性劣，而狂躁愈甚，心又善忘，转瞬若梦。愿此后勿复忘我，惟是青山杨柳，魂游熟矣。古堠⑭风烟，心惊久矣。笔不能辟开府⑮之恩，手不能动燕然之石⑯。有情莫遣，不待中年。蒲柳之质，时一坐老。想小不糊涂，大竟不佳，奈此歔欷，忍装聋哑欤。为着犊鼻裈⑰，蹀躞风尘。以下或唐衢⑱之痛哭，徐渭之破颜，断不肯龈龊闾门⑲。较樗蒲⑳柳优绌，与牧猪奴争烈㉑也。

达行矣，入都，尚可与雨农游。归来，则又与仲南聚。除却昏暮，周章石火㉒，光阴亦易耳。

上元后八日（二十三日）宿中安堡即草
文达顿首

此信载于荣文祚所编《辽东三家集·鹿革斋诗文》，是刘春烺的好友荣文达赴京城参加乡试途中在中安堡驿馆所写。

【注释】
①仲南：刘春烺好友房毓琛。
②铩羽：毛羽伤残，不能高飞。
③还山：辞官、退隐。
④魏柏岩：即魏晋桢，号柏岩，与荣文达同乡同年，同治甲戌（1874）进士。
⑤韵松：即康韵松。海城人，与刘春烺、荣文达均为好友。
⑥咫尺九嶷：九嶷，山名，在江南。虽在咫尺之间，犹如天涯之远。
⑦执鞭求富：化用孔子"富贵可求也，虽执鞭之士，吾亦为之"。语意，指去谋求挣钱。
⑧驵侩：指马匹交易的经纪人。后泛指经纪人、市侩。
⑨未凿：天地尚未形成。比喻人的本性纯真朴实。
⑩云梦："云、梦"是古代大江两岸湖泽的名称。
⑪宿莽：一种可以杀虫蠹的植物。

⑫坎壈：困顿，不顺利。

⑬抱子：犹言"生子"。

⑭堠：是古代记录里程的土堆或土墩。

⑮开府：古代指高级官员，建立府署并自选僚属之意。

⑯燕然之石：东汉窦宪破北匈奴，登燕然山，刻石记功。

⑰犊鼻裈 (音 dú bí kūn)：古代只能遮蔽膝盖的短裤。

⑱唐衢：唐中叶诗人，屡应进士试，不第。

⑲闾 (音 lú) 门：原指里巷的大门，后指人聚居处。

⑳樗蒲：汉末盛行的一种棋类游戏。

㉑牧猪奴：即牧猪奴戏，对赌博的鄙称。争烈：比功勋。

㉒周章：即惆怅。石火：以石敲击，迸发出的火花。其闪现极为短暂。

复东阁书

王子谦

反复生王子谦拜请：

东阁刘五兄大人，文几刻安。为小介忽得要函，面递捧读之下，愈增悲痛。书云"造物不仁"，此情谊相关者。感慨不平之论，岂造物果不仁，欲绝此种于天壤也耶！称亡儿为醒人，识何超也。指顽孙为亢宗①，爱何切也。然壮者不可恃幼者，亦奚②为八岁，谁待寒毡？至今四书未罢，常抚手叹曰：

颠木蘖③生势无危，春阴护恼付于谁？

凯风休当棘心④看，贡树香残剩一枝。

吟罢涕泗交流，几为投笔。如是门楣之庆，安望他日乎！至浩劫等语，昧昧自思：欲拟子安滕王之阁序未读，欲仿李白江上之诗。伯谁称是，皆对之惭然者。只为以孔璋自处，搔首无聊耳！至家传孝弟，人抱澄清。言出肺腑，铭若金石。生者衔恩，死者感德。仁人之悲悯，无穷一言。而恨深骨髓，岂真牖下之诀。天丧之痛，所得仿佛其万一乎！

又云："彭殇⑤一致，修短有数。"此固高人，达见之所为。而碌碌若仆者，未免俗累然。初思之而逊谢，弗遑者亦思之，而差堪自慰也。

仆虽不敏，请从斯语。五兄为独夫谋寿椿⑥，为童孙望兰苕。又为溺儿⑦慰孝子之心，何虑之周而意之恳也。亡儿有知，当结草以报⑧。且寿及木主，为纶新⑨他年拜奠香火之计。此等骨肉至论，酸流夹背，仆何敢违心焉！但七月既望后⑩神魂失散，语言乖舛。戚友吊唁，失于应酬。前者既拒，后者复迎。何前后之不一辙也。倘垂顾残年，爱怜稚岁。

　　元旦以后，择期辱临。祖孙二人，定当扫舍躬迎。即于次日，招会同人，立题木主一函，以付纶新私望自奉。在五兄为完坟人之交，在独夫为顺溺情之举。在幼孙遂穷人之慕，在亡儿为得落魄之依也。夫复何憾？倘云先期诹吉。讣闻戚友，力难猝办。且招众议，而又问心所不安者也。至于诰敕债欠，原亡儿滥叨天恩，以致窘步。遭此阴雨，敢望将伯⑪。所剩修金，尚堪抵补。然而指困之与分金之交，亦昭然若揭。向者家庭闲谈，亡儿常称五兄天性磊落，心地光明。斯时斯举，罕见罕闻。方知向所称者，果不诬也。史云："刘氏宜昌，不其然乎？"

　　书不尽言，言不尽意。临楮不胜悲悼之至。

　　嘉平朔日⑫泣书。

　　情文凄悱，意绪苍凉。

　　南北远违，书原不数。春秋相忆，字本无多。乃天假之缘，便鸿飞到，隆冬风雪，征雁北翔，为稻粱谋，伊可慨也！羽毛未丰，弟能傅之翼，不能饱其味，愧恧⑬终日。寄语同群鹤，勿令凤凰饥⑭。

　　得贰句寄意。

　　刘春娘的朋友王甲臣，在赴京应试返回时，途径大凌河，不幸船翻，溺水而亡。刘春娘曾给其父王子谦写信，予以安慰。本篇是王子谦的回信。

【注释】

①亢宗：庇护宗族，后引申为光耀门楣。

②奚：奚童，未成年男孩。

③蘖：被砍去或倒下的树木再生的枝芽。

④棘心：棘木之心。《诗经·邶风·凯风》：喻思亲之心。

⑤彭殇：彭，即彭祖，寿活八百。古代传说中的长寿之人。殇：夭折，未成年而死。

⑥独夫：鳏夫。此指王子谦本人。寿椿：即椿寿，古代传说大椿长寿。

⑦溺儿：指王甲臣，因溺死于大凌河，故称溺儿。

⑧结草以报：结草，是讲一个士大夫将其父的爱妾另行嫁人，不使殉葬，爱妾已死去的父亲为替女儿报恩，将地上野草缠成乱结，绊倒恩人的敌手。

⑨纶新：王甲臣的儿子。

⑩七月既望后：望，指十五。既望，刚过了十五。指的是农历七月十六的晚上。

⑪将伯（音 jiāng bó)：称别人对自己的帮助或向人求助。

⑫嘉平朔日：腊月初一。

⑬愧恧（音 kuì nǜ)：惭愧。

⑭凤凰饥：比喻贤者受难。

报刘冬阁谱弟书

李澍龄

十寻宝筏①，难渡不津之江。万丈深潭，莫测沉冤之海。西施爱江以自照，嫫母②嫌镜而滋惭。钱神当道，问渊明敢不折腰。木偶登堂，即董宣亦难强项。崔司徒不嫌铜臭，官府如斯。张延赏惧其通神，民生何赖？天只不谅，人乎何尤？

兄于嘉平十三日，递解回籍。十六日奉到部覆，依然收禁。左支右绌，掫挡实难。二三友朋，沿门托钵。几回缓颊，仅济燃眉。江海不实漏卮，山林岂供野火？长安西望，路远山遥，既出司马之冤盆，又踢摩诘之醋瓮。便访汾阳故里，历观唐晋流风，借此壮游，聊符远志。但以家贫亲老，风烛难延。尸饔坐叹，不胜慨然！

鄙件③至此，莫可如何？便见子心④，当有成算。所谓刘公谋李公断⑤者，必能归于一是也。《越绝书》云："内视者盲，反听者聋。"兄当此时，正中此病。夫周公⑥不以夜行而惭影，颜回不以夜浴而改容。古圣先贤，何等身分。三代而下，绝少完人。兄之不才，能勿怅惘。处醯鸡瓮，坐阿葫芦。检情自封，反已内讼。敛支遁⑦之才峰，智幢⑧已折。倾子安之墨水，戒宝终沉。功名得失，若发鬐⑨于荀卿；笞责频加，如折箕于尸子⑩。时乎若此，命也云何？知己天涯，无以为报。西行在即，后会不远。临风陨涕，不知所云。

此信载于《李龙集·卷四·湫龙槛虎答慰》。写于清光绪七年壬午（1881）腊月。信中讲述在狱中接到礼部批复，即将被遣配出行的心境。

【注释】

①宝筏：佛教语。

②嫫（音 mó）母：又名丑女。五千年前，黄帝为了制止部落"抢婚"事件，专门挑选了品德贤淑，性情温柔，面貌丑陋的丑女（封号嫫母）作为自己第四妻室。

③鄐件：指朝廷关于李龙石一案的判决文书。

④子心：李龙石好友李如柏。

⑤刘公谋李公断：明代有"刘公谋，李公断，谢公尤侃侃"之说，是指明代三大贤相刘健、李东阳、谢迁，分别具有多谋，立断、善辩的才能。

⑥周公：为周代的爵位，得爵者辅佐周王治理天下。

⑦支遁：东晋高僧，陈留人。尝隐于余杭山，沉思佛道。

⑧智幢：即智幢菩萨，又称为常恒菩萨、常利益菩萨。

⑨麷（音 fēng）：炒熟的麦子。

⑩蓣：古书上亦泛指薯蓣科植物。尸子：根据班固的记载，尸子名佼，鲁国人，是商鞅的老师。

复刘东阁谱弟书

李澍龄

昔人得刘公一纸书，胜于十部从事。今日之事，若合符节①。岂陶唐氏之流泽孔长②，何隆准家声之代有闻人也。盖人当离索之时，得友人书，如吉光片羽③，珍璧拱之。而况囹圄之士乎？札示云云，无一语不中肯綮④。

仆从醯鸡处瓮⑤，一经发覆，豁然开朗。从此忍子春之诟⑥，学虎头之痴⑦。类此中空洞之颢，等不合时宜之苏⑧。程子鏖糟⑨，南丰迂阔⑩。控庄周之野马⑪，养纪省之木鸡⑫，彼吕文穆所谓忍辱耐烦者。吾将铭几杖，而寝馈存之。岂但若拜孔揖颜⑬，面奉而金铸之哉！来书关心调摄，始以铭酊解愁疾。

仆自羁禁以来，为宾筵之戒者数月矣。忆自鉴湖负海内狂名⑭，有我家醉白⑮癖，几于食无不饮，饮无不醉。觉颠张醉素甘疯子⑯一流人物，诚得醉乡之昧。所谓人间生佛，胜于天上顽仙也。迩因境遇迍邅⑰，酒后耳热。往往为李阳负气⑱，灌夫⑲骂座之悲。遂绝迹酒泉之郡⑳，肆饕饭颗之山。食则与曹交廉颇㉑角雌雄，卧则与陈抟宰予㉒相伯仲。而刘伯仲王无功诸子，久不扰予清梦矣。

迩来秋深，时复技痒㉓，未敢公然作麴部之冯妇㉔。及得手墨，大可为醉翁㉕解嘲。则口角流涎，更甚于我家汝阳王之道逢麴车也。所赐酒钱，邵玉亭接信，即如数送到。并未假蔚亭之手，此其中盖有故焉。子心信中详言之。睹面后当晓然也。

二十六日闻得省释消耗，三五日可望解脱。忍之待之，谨如来命。知关麈念㉖，驰此复达。甚勿谓王戎之踢之不休，山涛之嬲之不置。以喋喋数黢者，贻讥不足齿之仓也。

【注释】

①符节：古代派遣使者或调兵时用做凭证的东西。

②流泽孔长：即赞美家族兴旺流芳百世之意。

③吉光片羽：指神兽的一小块毛皮，比喻残存的珍贵文物，借指这封信太珍贵了。

④肯綮（音 qìng）：是指骨肉相连的地方，比喻信中字句非常重要。

⑤醯（音 xī）鸡处瓮：醯鸡，即蠓，酒瓮中生的一种小虫。比喻见闻狭隘的人。

⑥忍子春之诟：垢同"诟"，忍受杜子春的耻辱。子春：即杜子春，是北周、隋年间人。

⑦虎头痴：指顾恺之（348–409），东晋画家。

⑧不合时宜之苏：此指苏轼。

⑨程子：即二程中的程颐（1033–1107），教育家。鏖糟：原为肮脏之意。喻指不达时务。

⑩南丰迂阔：曾巩称"迂阔"，江西南丰人，是欧阳修诗文革新运动的积极支持者。

⑪庄周之野马：典出《逍遥游》。比喻容易消失的事物。

⑫纪省之木鸡：纪省子是为国王训练斗鸡的人。

⑬拜孔揖颜：古代各地郡学都立有孔、颜之庙。

⑭鉴湖负海内狂名：指盛唐诗人贺知章，好饮酒，有"四明狂客"之名。

⑮醉白：指唐朝诗人李白。

⑯颠张醉素：张指唐朝书法家张旭，素指唐朝书法家怀素。甘疯子：江苏上元人。逸其名，为人排难解纷，故人以"疯子"名之。

⑰迍邅（音 zhūn zhān）：难行貌；比喻处境不利。

⑱李阳：西晋时人，号称"京都大侠"。负气：赌气，不肯屈居人下。

⑲灌夫：西汉著名将领。

⑳酒泉之郡：原意古代郡名。此喻指酒席宴飨之场所。

㉑曹交廉颇：此二人均以饭量大而闻名。廉颇：战国末期赵国的名将。

㉒陈抟：宋（?-989）真源（今河南鹿邑）人。宰予：亦称宰我，春秋末鲁国人，孔子著名弟子，能言善辩。

㉓技痒：有某种技艺的人遇到机会急欲表现。

㉔鞠部：亦作"曲部"。原指好酒。此喻指号称曲部尚书的李璡，是唐睿宗李旦孙。冯妇：出自成语"重作冯妇"。

㉕醉翁：指欧阳修，号醉翁。

㉖廑念（音 jǐn niàn）：殷切关注。

寄刘东葛启

李澍龄

天街雨过，禁柳攒黄①。渤澥风来，瀛波绉绿②。燕来如客，雀噪当门。金台③东望，溪壑回春。

想东弟扬镳西指，得意春风。香尘细雨，尽随柳汁染衣④。水色山光，都是文章花样。照芙蓉于镜下，属桃李于春官⑤。昔时刘璇负经师之望，伫看刘挚夸学士之监⑥。"抟羊角以垂天，展骥足而腾景⑦。"桢前愲后⑧，独擅兼长。敞誉颂才，一时共羡。喜传都下之文名，品地使宋陶居后。预卜立朝大节，断谋与李谢齐名矣。

忆自客秋揭晓，名噪长安⑨。贤士大夫，冠盖相索。耳雷鼻火，快睹争先。大老巨公，逢人说项⑩。后儒末学，愿切瞻韩。闱中十三艺剖成，悬门轻吕氏之金，传抄贵洛阳之纸。索稿传观，终日坌集。徐孝穆《与李那书》云："轩车满路，如看太学之碑。街巷相填，无异华阴之市。"或以为丰城两剑，恨未全收；或以为韩子双环，尚希并见。运《五雅》⑪《三仓》于腕底，合左国贾董⑫为一人。两都宾主，耻说文章；二陆⑬弟兄，羞谈词赋。昔人称："五经纷纶井大春，五经纵横周宣光。"由今观之，当不少让。以视夫"唐宗之知太白，一官不及于生前；汉帝之于相如，遗稿徒求于身后。"⑭其文字之显晦，身世之通塞，其间相去何远哉。

兄以兼葭倚玉⑮，弱质增荣。潢污每竭于朝宗⑯，骀驷疲追于沃若。剖心无窍，对面多墙。蹇吃有甚扬雄，瞀乱过于宋玉。忍羞含垢，敛骨吹魂⑰。无路叫阍⑱，深虞挤壑⑲。

　　自君旋返，肠断梦飞。势迫计无可施，感深继之以泣。别如小死，痛不欲生。每念坟墓阔疏，白云亲舍㉔。河山千里，路远音稀。只影自怜，穷途谁恤。是以摩诘山中之牍㉑，东坡海外之篇㉒。时时间作，邱迟感旧之词，赵至叙离之札。刻刻萦怀，彼韩安国起于徒中，柳宗元用于贬所，仆无望矣！若韩八代上宰相之书，欧六一奏司谏之记㉓，仆无取焉。加以恶耗逼人，惊魂难定，命寄偷生之下，梦游缧绁㉔之中。老病相连，穷愁交迫。寄人篱下，无计求生。唐子西云："十年驹局促，万事燕差池。"又云："就使真能去穷鬼，自量无术致钱神。"

　　仆之近况，殆犹是耳。加以年齿日衰，转蓬无定。从鸥未狎，入兽相惊。慈母痛心于衣线，尚冀生还。妻孥环哭于家书，犹如死别。婚嫁未毕，鸡豚久疏。儿女情长，英雄气短。廿年往事，若隔前生。数载交游，恍如梦境。尚平读易㉕，富不如贫。孔子有言：奢也宁俭。乃是不覆㉖，尽伤何及。既不能守宣尼危行言逊之箴㉗，又不能遵老氏知雄守雌之戒㉘。此贾生所以见逐，陈亮所以囚伍也。今幸依东海㉙作平原，肯留李节，借南洲藏季布㉚，何必朱家。范彦龙之赦免无期，梁伯鸾之出穷何日？然明计拙，季重愁多。侨肹纵有新知，管鲍仍思故旧。念异乡之丕豹，感高谊于元龙。昂首长鸣，时切北风之思。凝眸望远，伫看东道之来，明识鸿嗷雁集，不足计于江湖。岂知犬盖马帷，仍恋怀于桑梓。倘于龙华会㉛暇，冠盖稍歇。念及长安市上，尚有故人过而问焉。甚以为望，切勿以范韩㉜之投赠，顿忘温郭之苔岑也。

　　此信载于《李龙集·卷五·我存稿卷上》，写于光绪九年（1883）二月二十日。

【注释】

①天街：唐代长安城南侧朱雀门外的大街，简称"天街"。此指北京的长安街。禁柳攒黄：禁柳，原意是宫中或禁苑中的柳树。攒黄，渐含春意。

②渤澥（音 bó xiè）：即渤海。瀛波绉绿：瀛，即指海。绉，织出绉致的丝织品。

③金台：指古燕都北京。

④柳汁染衣：是旧时书院曾有的作文题目，举子考中状元后，苦心得到回报，因有"不负隔年弹柳汁"之句。

⑤芙蓉：即芙蓉镜。桃李：桃花与李花。后遂以"桃李"比喻栽培的后辈和所教的门生。

⑥刘挚：北宋永静东光人。嘉祐四年中进士甲科，能力出众，政绩卓越。盬（音 gǔ）：通"苦"，止息。

⑦"抟羊角""展骥足"二句：出自唐·骆宾王《上齐州张司马启》。比喻壮志凌云。

⑧桢：即刘桢，汉魏间文学家。建安七子之一。勰：即刘勰，南北朝时期著名的文学理论家。

⑨名噪长安：噪：群鸣。长安：借指都城北京。

⑩大老：指元老，称年长、品德高的人。巨公：大师；大人物。逢人说项：项，指唐朝诗人项斯。遇人便赞扬项斯，比喻到处为某人某事说好话。

⑪《五雅》：以《尔雅》体例编纂的训诂学著作。为（明清以前）文人案头必备的工具书。

⑫左国：《左传》《国语》《国策》的并称。贾董：汉贾谊和董仲舒的并称。

⑬二陆：即陆机和陆云。

⑭"以视夫"四句：是说唐玄宗对于李白，只看重他的诗文,而非经世济时的政治才能，没有加封他一个官职；汉武帝只有在司马相如死后，才从他家中取到一卷谈封禅之书的遗稿，生前也没得到重用。

⑮蒹葭倚玉：蒹葭，初生的芦苇。玉，仙树。芦苇倚在仙树上。比喻两个品貌极为悬殊的人在一起，显得很不协调。

⑯朝宗：古代诸侯春夏朝见天子。指下属进见长官。

⑰敛骨吹魂：指再造生灵，使死者复生。

⑱叫阍：旧时吏民因冤屈等原因向朝廷申诉称"叫阍"。

⑲挤壑：谓孤苦无依。

⑳白云亲舍：亲，指父母。舍，居住。比喻思念父母的话。

㉑摩诘山中之牍：即《山中与裴秀才迪书》，是唐朝诗人王维所作的一篇散文，本为书信，因其有诗歌美感与韵律，成为唐朝散文名作。

㉒东坡海外之篇：苏轼被贬于惠州、儋州（今海南岛儋州）其间，在此间写给亲朋的信。

㉓欧六一奏司谏之记：即宋代欧阳修写的《与高司谏书》，作者直接戳穿高司谏虚伪、诌媚的面皮，言辞激烈而理据充足，是书信体议论文的典范作品。

㉔缧绁（音 léi xiè）：缚犯人的绳索，借指监狱。

㉕读易：边读边写几句批语。意在熟悉原文。

㉖覭（音 máng）：勤勉，努力。

㉗宣尼：西汉平帝追谥孔子为褒成宣尼公。危行言逊：行动要小心，感觉时刻会有危险似的。言语上也要谦虚谨慎。

㉘老氏：指老子。知雄守雌：雄，雄强；雌，雌伏，不倔强。比喻与人无争。

㉙东海：即徐少云，亦称居停主人，是李龙石同年好友。

㉚季布：西汉官吏。初为霸王项羽帐下五大将之一，后为刘邦用。

㉛龙华会：旧时荆楚以四月八日设会祝弥勒下生。

㉜范韩：北宋两大守卫边疆的名将范仲淹和韩琦。

致刘冬葛启

李澍龄

熊青岳①贡院楹联云："赫赫科条袖内常存惟白简②；明明案牍帘前何处有朱衣。"似与"文章自古无凭据，惟愿朱衣暗点头"之句相反也。蒋苕生《临川梦》云："主考试，有什么苏玉局③，并领着名士衡文④，且无三只眼；坐衙门，纵有那包铁面，难保他穷人告状，不破一分财。"又与"文章千古事，得失寸心知"之语相背也。然而文章憎命，主试无权。刘蕡下第，若辈登科。天意人心，俱难逆料。美朱衣固非强项，丑奎星何尝不解怜才也。

仆七上春闱，叠经驳斥。罗昭谏归熙甫⑤半生之况味，领受殆尽。始尝笑徽州唐皋哥，今反为唐皋哥所窃笑矣。东仲落第，实出意料之外。虽我辈文章有价，不以一第为荣辱。而榜发无知名士，墙头贺监得勿自顾赧颜乎⑥？兄半世飘零，穷愁相接。既用自怜，复有为朋辈惜者。汤卿谋⑦云："人生当储三副痛泪：一副哭天下大事不可为；一副哭文章不遇识者；一副哭古今沦落不偶佳人。"我幸逢太平，正当大有为之时。而担当宇宙者，如房乔孙杜克明姚宋狄郭诸贤应运并生。第一副痛泪，可以不作。至于白面红颜之叹，则固无日无之也。

昨得心弟来书，啧啧以复仇雪耻光复故物相劝。绎⑧其意，若以兄之苟且偷生，似蜀后主之暂图此间乐，陈后帝⑨全无心肝者。三复之下，感与惭并。兄才绵力薄，将伯无助⑩。既不能如王敬则之事须及热，又贻王僧绰当断不断之讥。虽隐忍苟活，一事无成。

而王晞烂熟之思，未尝一夕而去诸怀。特不欲如高伯恭之不负翟黑子，逢人而便以实告耳。至于光复故物一节，尤兄所不忍言。

尝自念："十年读书，十年养气，仅博得一领青衫。犹若未能负荷者，敢过望哉！"况复拘系之余，迫以窜逐。萍踪身世，浪迹江湖。不惟我家太初复古之科名，无望于今世。即药师良器⑪之功业，亦难卜于衰年。

矧以诗不能如长吉⑫，赋不能如缪公，文不能如退叔⑬习之，书不能如西台北海⑭。徒以巨山义山之笔札，妄欲希长源文饶之名位也。岂非向痴人说梦中梦乎！且年来故旧，以书相劝勉者亦伙矣。或以张子高范始兴之往事动我；或以张延符周子隐之改修励我；或以苏季子朱翁子之穷途激我；或以马宾王傅介子之功名许我。良友箴规无非药石⑮，然究非鄙人之本心也。为今计者，但得如兴公遂初元亮归去⑯，开孟浩然之芸阁⑰，篝范成大之杏园⑱，得与陈仲弓张曾子袁夏甫辈养亲教子足矣。又安得寻终南捷径，使北山蒙耻，与庾元规、周彦伦、潘安仁等效司马安巧宦之所为乎！

盖吾人立身，能为夷而死⑲，勿为跖而生；吾人立朝，能为汲长孺，勿为苏味道⑳；吾人立节，能为袁景倩，勿为褚彦回㉑；吾人立说，能为崔伯渊，勿为魏伯起㉒；吾人立品，能为邓禹笑，勿为扬子嘲㉓。尝见千古多少高人，只为打不破名利关头，坠落宦海魔障。尚子平仲长统㉔已杳，此山阿所以寂寥也。林西仲㉕曰："殷深源房次律若始终高卧林泉，王介甫若始终侧身翰苑，千载而下，犹能令人想煞。名位之累人，顾不重哉！"李子坚遗黄世英书㉖云："阳春之曲，和者必寡。盛名之下，其实难副。"不但胡元安、朱仲昭、顾季鸿、薛孟尝诸人，有处士虚声之诮。如鲁阳樊英大失所望者，更难屈指计也。昔人谓出处不渝，名实相副者，三代后止五六人。范蠡、张子房、诸葛武侯、谢东山、李邺侯、司马君实而已，余皆不足以语此。

　　今之士大夫，专研帖括房稿、墨裁而外㉗，罕有藏书百家史乘之流。直束高阁，举平生之聪明才力，尽消融于之乎者也之中，直有不知学者，当为为何事者。一语以圣贤学问进退措施，则退然自沮矣。富贵人家延师教子，一入学堂，便告以中举中进士，做官置田宅，妻子衣服丽都。为师者专求速效，将四子书草草读过，六经之中毫不讲求，便教作文出考。买得坊刻小本，东涂西抹，摘录抄胥。一登选魁，扬扬自喜。以为举人进士，宫室车马，衣服妻妾，皆从抄胥六八股中得来。世之所谓大丈夫者，不过如是也。不惟三通四史，目所未睹。即《孔子家语》，《颜氏家训》，东方朔《诫子诗》，马文渊《诫兄子严敦书》，《张茂先励志诗》，陶靖节《训俨俟份疏》㉘，柳玭《训子弟规箴》等篇，为童蒙入德之始者，亦未尝肄业及之也。士习偷靡，匪伊朝夕㉙。积弊之深，吾乡尤甚。苟或立异，咸诧为狂。昔韩退之作《师说》得狂名，柳州比之蜀犬吠日。柳子厚《答韦中立书》，又以越犬吠雪自喻。士生当世，亦自尽其为日为雪之本然已耳。彼蜀犬越犬之吠又何伤于日雪乎？况势利场中毁誉无定。名之所至，谤亦随之。昔霸陵呵止㉚李将军之骑，田甲欲溺韩内史之灰；绛侯窘于狱吏之贵㉛；以及张汤之于朱买臣先趋走而后陵折者，从古如斯。如兄一介寒酸，谓能逃于俗眼之訾謷㉜乎！

　　心弟来书，又以落落千言，令人读不能终，若以词费为兄病者。兄明知刺刺不休，令人不耐。特以一腔积愤，无可倾吐。辽东故旧，尚有几人？每一抽毫㉝，不能自已。万斛闲愁㉞，奔赴腕底，遂不觉其言之长耳。昔太史迁作《史记》，以壶遂㉟发其端，其隐忍深心，俱泄于任安一书。韩文公试鸿词科不售，三上宰相书不报归。河阳往东都一副英雄失路，眼泪无处挥洒。因于田横㊱一祭，借侠骨以泄穷愁。盖其心皆若有不能自已者在也。

　　仆之狱系，等于龙门㊲。仆之沦落，甚于昌黎。虽无作史之才，愿为少卿之报。而孰意竟以此为讥议乎？噫已矣!复何言。而今而后，只宜学韩子田横之祭于冥寞，不知之古人中求知已乎！天地无俦，鬼神来告。前顾无穷，后顾无穷。特未识千载茫茫，古人其许我否耶？迩以畏罪逃名，忍辱偷活。既难西去，又缓东归。诚有如江文通所谓俛首求衣，敛眉寄食者。然而茂陵穷守之相如，究竟作何了局也？

昨接故人书，有更名入籍，另图进取等语。披阅之余，若有私相刺谬者。仆尝谓此生幸受孔子戒，又悔为王半山所误。挟三寸不律，从事于尝思。且夫天地间者，垂四十年读圣贤书，所学何事？反躬自问，到此何为？乃以白头冯妇，又作攘背下车之态。不但为士者笑之，恐众逐负隅之虎㊳，亦将跑哮大啸而来撄也。

本拟过寓，细述衷曲。因临榆趢役，日夜逻伺。羊公畏人之鹤㊴，又恐为楚子蹊田之牛㊵。昔则昼伏而夜动，今则夜亦不敢动矣。累若丧家之狗，殆将为腐鼠乎？东弟为我谋之，必当有以告我。夜郎流子，深以刘公一纸为望。

此信载于《李龙集·卷五·我存稿卷下》，写于光绪九年（1883）四月十三日，是对刘春烺来信的回复。

【注释】

①熊青岳：即熊赐履，清顺治间进士，康熙间官至东阁大学士兼吏部尚书。

②白简：古时指弹劾官员的奏章。

③苏玉局：即苏轼。

④衡文：品评文章。特指主持科举考试。

⑤罗昭谏：即罗隐(833-909)，唐代诗人。归熙甫：即归有光(1506-1571)，明代嘉靖十九年举人。

⑥贺监：唐贺知章尝官秘书监，晚年自号秘书外监。赧颜：因惭愧而脸

红。

⑦汤卿谋：即汤传楹（1620-1644），诗人，明末苏州才子。

⑧绎：抽出，理出头绪。

⑨陈后帝：即陈叔宝。南朝陈皇帝。

⑩将伯无助：将，请求。伯，长者。请求长者却得不到帮助。

⑪药师：卫国景武公李靖（571-649），是唐初文武兼备的著名军事家。良器：指大器。比喻杰出的人才。

⑫矧（音shěn）：况且。长吉：即李贺（790-816），唐代著名诗人。

⑬遐叔：即李华（715-766），赵郡赞皇（今河北赞皇县）人，唐代大臣、文学家。

⑭西台：宋初书法家李建中，曾任西京留司御史台，人称李西台。北海：唐代书法家李邕，官至北海太守，人称李北海。

⑮箴规：劝诫规谏。药石：古时指药和治病的石针，今泛称治病用的药物。

⑯兴公：即孙绰（314-371），东晋著名玄言诗人。中都（今山西平遥）人。为廷尉卿，领著作。遂初：指孙绰所作《遂初赋》，并在畎川自筑园林而隐居。元亮：即陶渊明。归去：指陶渊明所作抒情小赋《归去来兮辞》。

⑰芸阁：出自孟浩然《初出关旅亭夜坐怀王大校书》中的诗句："永怀芸阁友。"

⑱杏园：出自范成大《送同年朱师古龙图赴潼川》中诗句："杏园耆旧如晨星。"

⑲立身：树立人格。夷：伯夷，商末孤竹君的儿子。

⑳立朝：指在朝为官。汲长孺：汲黯。苏味道：唐朝大臣，文学家。赵州栾城(今河北栾城)人。

㉑立节：树立节操。袁景倩：南朝宋袁粲，陈郡阳夏人，太尉淑兄子也。褚彦回：即褚渊，河南阳翟人，南北朝时期刘宋皇朝宋明帝所倚赖的重臣，小时候就有纯洁美好的声誉。

㉒立说：提出说法，创立学说。崔伯渊：即崔浩，北魏清河东武城(今山东武城西)人。魏伯起：即魏收。少机警，能属文，北齐受禅，诏册诸文及魏史，皆收所撰。官至尚书左仆射，谥文贞。

㉓立品：培养品德。邓禹(2-58)，南阳新野(今河南省新野)人，东汉开国名将，云台二十八将之首。扬子：即扬雄。

㉔尚子平：西汉末隐士，入山担薪,卖之以供食饮(见《高士传》)。仲长统：(179-220)，山阳高平(今山东金乡西北)人。东汉末年哲学家、政论家。

㉕林西仲：即林云铭(1628-1697)，福建闽县林浦（今属福州市仓山区）人。少嗜学。里人皆呼为"书痴"，著有《挹奎楼文集》十二卷。

㉖李子坚遗黄世英书：是指李固给朋友黄琼的一封信。其名为《遗黄琼书》。

㉗帖括：比喻迂腐不切时用之言。房稿：明清进士平日所作的八股文选集。又称房书。墨裁：明清流行的八股文范本。

㉘《训俨俟份疏》：是指《与子俨等疏》。俨，和正文第一句中的"俟、份、佚、佟"都是陶渊明的儿子。

㉙偷靡：靡衣偷食。亦指奢侈的生活。匪伊朝夕：不止一个早晨一个晚上。

㉚霸陵呵止：由霸陵呵夜演绎而来。原指遭酒醉之霸陵尉呵斥。后喻失势者遭人欺凌或侵辱，或抒失势后郁闷之情。

㉛"绛侯"句：绛侯周勃因为被人诬陷有谋反之心而下狱。

㉜訾謷（音 zǐ wèi）：吹捧坏人。

㉝抽毫：抽笔出套。亦借指写作。

㉞万斛闲愁：万斛，极言容量之多。

㉟壶遂：西汉术士。梁（治今河南商丘南）人。通晓律令，韩安国仕梁时见其贤，推荐入仕。

㊱田横：秦末群雄之一，原为齐国贵族，在陈胜吴广大泽乡起义后，田横与兄田儋、田荣也反秦自立，兄弟三人先后占据齐地为王。

㊲狱系：指拘囚狱中的犯人。龙门：指司马迁，司马迁为龙门人。

㊳负隅之虎：背靠山曲的老虎。

㊴羊公畏人之鹤：由成语羊公之鹤演化而来。羊公，指晋朝征南大将军羊祜。

㊵楚子：指楚人；楚地。另指对人的贬称。蹂田之牛：践踏田禾的牛。

与刘东阁书（一）

李澍龄

　　廿年相识，千里暌违。此日耿耿，何日能忘。春闱入都，仅一再晤面。如海上仙山，缥缈云中，令人可望而不可遽。即交臂之失，歉仄无状。榜后过访，已扬镳东返。神味索然，有剡曲回舟之过。此以往未之，或知刻下。积云压庐，落叶满山。园林果熟，万峰料削。想足下运雕龙之心，著《史通》之论。煮淮南之鼎，燃太乙之藜①。彼《说苑》五十篇，锦被数十事不足。拟等身著作数典，搜奇之闳且富也。

　　仆以陈平无赖之身，蹈巫臣窃逃之迹。沦落等江南之庾信，穷守甚茂陵之相如。坐困经年，一筹莫展。累人口腹②，因人余热，不能不为闵仲叔梁伯鸾所窃笑也。迩以临榆③县令，行文大索。既榜道④而求孙惠，又沿门而问庾冰。其犹龙乎？殆为鼠矣！裴叔度诗云："闭置如新妇，萧条似老僧。"⑤兄之近况，何以异是。夏午月⑥，心弟惠我手书，意气懃懃恳恳。大旨以束身归法为第一策，又恐仆不相师而用。流俗人之言，兄非敢如此也。

　　仆虽老悖，亦尝侧闻长者之遗风矣。昔王敬则云："事须及热。"韩安国受田甲之辱，曰："死灰不复然乎？"甲曰："然即溺之。"兄事已冷矣，焰亦熄矣。固不必续晓残之梦，嘘众溺之灰矣。然而匿迹销声，苟延残喘，寄人篱下。以终老其身者，亦非仆之所敢出也。夫伍员吹箫于吴市，季布卖奴于朱家。此辈盖世英雄，当不止加人一等。一经落魄，只可埋头。兄始谋不臧⑦，难言后效。

使吴汉⑧终无出头之日，张敞焉有赦免之期。此固东弟与鄙人所熟筹者也。岂张趱有智，独在君子之后乎？然仆所以迟迟者，亦以行李匮乏故耳。记心弟与吾书云："兄往矣，家中老母妻子，弟与东仲分任之，勿庸兄谍谍为也。"近书又有力图橐饘⑨之语，兄每念及涕泪交颐。同类见之无不感激，以为有友如此，亦复何忧？虽迟之又久杳无嗣音，然天下岂有轻诺之季布，与妄言之何远耶？昔邵尧夫谓司马温公⑩曰："君实九分人也，亦脚踏实地人也。"其心弟之谓乎！然心弟之靳此区区畀我者，其意盖别有在耳？

客冬，心弟与汉楂⑪五兄寄仆书云："闻阁下风流豪迈，仍如畴昔"等语。意则惩而近厚，言则婉而多讽。若以仆为丧心病狂，居安妄危。如卓文君一味放诞，不知检身悔过，大负良朋之所属望者。是知其誉我者，其嘲我也；其谤我者，其爱我也；其暂拂⑫乎我者，其深有望于我也。不然，仆自彼逮以来，东心两弟倡王咸而举幡，辨虞诩之诬罔⑬。较之杨政⑭为范升受戟，礼震为欧歆⑮上书，当不多让。即有以余靖尹洙为范希文株连之说者，两弟皆毅然任之。何至于区区之费，而故靳⑯之也。夫上书鸣冤，大节也。振人以财，小惠也。既已生死而肉白骨矣！夫岂初衔恤，而终靡顾耶⑰。倘狐埋之而狐搰之，其智不反出诸稽郢⑱之下乎？然心弟所不能释然于兄者，亦非无因而至也。

仆于壬午夏五⑲到京，奉黑吉三省文士萃于都下⑳。旧识新知，一见惊喜。逢场作戏，往往而有。仆原为道学之门外汉，难免柳下㉑太和之过。加以醉后高歌，狂来痛哭。或为孙三傲物，或为刘四骂人。不过借他酒杯，浇我偪傀已耳！如谓何逊风情，樊川薄悻㉒，则诚仆所不甘受也。昔胡忠简贬南海，以卨妓自娱，朱子讽之以诗。顾东桥张宴设客，喜教坊乐工，以筝琶佐觞。杨用修戍永昌，尝醉后以胡粉傅面，挽双丫髻插花游街。语人曰："老颠欲裂风景，聊以耗壮心，遣余年耳。"

　　仆于诸贤之好处毫无所得，于诸贤之劣处会有合焉？此则谤议之所由来也。吴佑云："马援以薏苡㉓兴谤，王阳以衣囊徼名㉔。"嫌疑之间，昔贤所慎，可弗戒欤㉕？不然果如心弟来书所云："有亲不能养，有子不能教。奇冤不能雪，大仇不能报。徒以放浪形骸，流荡忘返，诚为天地间之大罪人矣！"弟等复何望于兄哉！昔人以人有不善，惟恐司马端明㉖、邵先生知之。兄有不是，惟恐东弟与心弟知之。然恐知而卒无不知，既知之而兄亦不能讳之。此老愈狂伧，仅剩得一张厚脸皮也。东海居停，倅遭家难㉗。外官昆仲三人，以次病没于两湖官廨。云老新补实缺，因与张延赏李宗闵不合，大有董宣汲黯不容于内之势。

　　仆以无能之冯煖，久处毛遂之囊中。弹铗不归，脱颖何日？况当管燕长叹之余，为田需者，即作强词以对，又安能腼颜日与鹅鹜争食耶？王孙雄云："须之不能，去之不忍。"秦穆云："丧不可久，时不可失㉘。"此西行之念，固不待再计决也。宋赵相贬吉阳过岭，悲忧流涕；李庄简闻谪命下奋然曰："青鞋布袜行矣，岂能作儿女子态耶㉙？"兄为赵为李两无所可，随其所遇而已。胜朝刘忠宣公㉚大夏戍肃州，临行谢绝故人遗赠，止受同年李西崖一羊裘。兄之行谊㉛，何敢望君家忠宣，弟之高义，当更倍于我家文正也。

　　是以仆每延颈东望曰："冬心两弟，庶几其念我而济我乎㉜？"又代为两弟计之曰："我穷老无状之劣，兄庶几有以悔过而自励乎？"以我三人之素交谊之，两弟为仆代谋之忠固，有时时不能去怀之实在情形也。岂祝鮀佞口武襄假面者，可同日语哉？

　　然兄不能早听弟，今急而求弟，似乎语涩，乃实逼处。此华元之愈，有不能不为子反实告者。非两弟之与闻，又谁与闻乎？秦余之告，不嫌于再发棠之请，不惮其复敢恃至交浑忘颜厚。环顾辽东，云山万叠。休戚相关，能有几人而可与分樊重之余润，邀郭代公之厚恤者。除却冬葛冬奇㉝两弟外，不可复得矣。岁晏㉞思君，独吟

《山鬼》㉟。怨长恩绝，谁吊湘灵㊱？倘因东风吹绿，惠我好音。天末流人，甚以为望。"著书加饭"，乃冬弟壬申书中所勖我㊲者。即以此四字为回敬也可。

此信选自《李龙集·卷五·我存续稿卷上》。

【注释】

①太乙之藜：汉代刘向元宵节时一人在天禄阁校书，夜有老人着黑衣，执青藜之杖，扣阁而进，吹燃拐杖照明，自称是太乙星的精魂。出自《幼学琼林》。

②累人口腹：口腹，指口和腹，多指饮食，吃喝。

③临榆：古县名，又称"榆关"，今河北省秦皇岛市山海关区。

④榜道：谓张榜于路旁。

⑤裘叔度：即裘日修（1712-1773），清代名臣、诗人。"闭置""萧条"二句：就像闭置在车中的新婚妇女一样，举止不得自专。

⑥午月：夏历以寅月为岁首（正月），所以称五月为午月。

⑦始谋不臧：不臧，即不善。

⑧吴汉（?-44年），南阳宛（今河南南阳）人，东汉中兴名将，"云台二十八将"位居第二。

⑨橐饘（音 tuó zhān）：指衣食。

⑩邵尧夫：邵雍。司马温公：即司马光。

⑪汉楂：即达汉楂，李龙石的好友。

⑫拂（音 bì）：古同"弼"，是辅助的意思。

⑬王咸而举幡：是指西汉末年，太学生王咸愤然举幡，聚众千余，为援救司隶鲍宣发起了一场太学生运动。诬罔：诬陷毁谤。

⑭杨政：汉代易经学者。他的老师范升是西汉著名易经学家。

⑮欧歙：即欧阳歙（?—39），乐安千乘（今山东高青东北）人。东汉政治家。

⑯靳（音 jìn）：吝惜，不肯给予。

⑰衔恤：蒙受冤屈。靡顾：没有顾虑。

⑱稽郢：《史记》作柘稽，越国五大夫之一，善言辞。

⑲壬午夏五：即光绪八年（1882）五月。

⑳萃于都下：萃，聚集。都下，京都。即指东三省会试举子聚集在京城。

㉑柳下：指柳下惠（前720–前621）。

㉒樊川薄悻：樊川，即杜牧。薄悻，悻同"幸"。薄悻，也指负心的人。

㉓蘸苡：多年生草本植物，果实可供食用酿酒，并入药。

㉔衣囊：盛衣服的包裹或口袋。徼名：谋求名声。

㉕"嫌疑"三句：这是容易让人产生嫌疑的事情，确实是先贤十分慎重的举止，我怎么可以不戒备呢？

㉖司马端明：即指司马光。

㉗东海居停：东海，指李龙石的同年徐少云。居停：唐宋城镇中一些房主兼营的旅馆、仓库。倅遭家难：家中遭遇的重大不幸死亡事故。倅，古同"卒"。

㉘丧不可久，时不可失：意思是要紧紧抓住时机不能错过，错过了也不能延误太久。

㉙"青鞋""岂能"句：（贬谪的命令下来）立刻穿着青鞋布袜，马上就走，哪能痛哭悲泣，做小儿女情状呢？

㉚胜朝：指已灭亡的前一朝代。刘忠宣公：即刘大夏（1436–1516），明代大臣。

㉛行谊：品行，道义。

㉜延颈：伸长脖子，表示殷切盼望。庶几：或许可以。表示希望或推测。

㉝冬葛冬奇：分别为刘春烺和李如柏（字子心）的别号。

㉞岁晏：指人的暮年。

㉟《山鬼》：屈原《九歌》中的一个篇目。

㊱湘灵：原指传说中的湘水之神，即舜帝的妃子娥皇和女英姐妹俩。

㊲勖（音xù）我：勉励我。

书后又一纸

李澍龄

　　人言愁，我亦言愁，忧固难断绝也。人言哭，我亦欲哭，泪岂有干时也！仆以陈平①无赖，吴汉②流亡等。髡钳③之季布，相逢绝少朱家。愿请业于夏侯，自问愧为黄霸。时共东坡而说鬼，那堪南阮之忧贫④。唐六如句云："前程两袖黄金泪，公案三生白骨禅。"

　　以仆思之若合符节⑤，加以万事劳形百忧憧扰。既为贾长沙⑥悲鹏鸟，又为祢正平悲鹦鹉；既伤冯唐、李广之数奇，又伤罗隐、刘蕡之运否；既为庄姜、班婕妤饮宫中团扇之啼⑦，又为王嫱、蔡文姬洒塞上胡笳之泣。白面红颜千秋一辙，搔首扪心可胜浩叹。汤卿谋云："人生不可不储三副痛泪，一副哭天下大事不可为；一副哭文章不遇识者；一副哭千古沦落不偶佳人。"

　　当今天大事，自有寇平仲、司马君实一流人物当之。内而韩、范、富、欧，外而张、韩、刘、岳自不乏人⑧。我辈书生，似不必流袁君山闭门之涕，下周伯仁新亭之泪耶！第⑨以杜祁公本来措大，半生漂泊，一事无成。终贾年华，倏若白驹过隙，张子房、邓仲华、周公瑾三少年事已无望矣⑩。即张苍、颜驷、赵充国、高允之老大功名⑪，又不知收效于何日也？长爪郎⑫呕血经年所为何事？大耳儿拊髀泪下⑬，夫岂无心！此宋广平所以对镜生悲，裴晋公所以围炉增悼也。

　　近闻朝鲜为倭俄所据，自全罗道至奉省只隔瑷阳一江⑭，窃恐俄寇之意，在此不在彼。朝鲜为东国屏藩，左臂一失，唇亡齿寒。

而后乃今东三省不能无事，杞人之忧，时深扼腕。东土之民，将求为太平犬而不可得矣！言念及此，东向涕流。恨不携我家太白邀月杯，登名山绝顶⑮。令相如挂钗，徐文长挝鼓⑯；陈龙川按拍，康对山弹琵琶⑰；杨升庵插花傅粉，苏同文唱大江东去⑱；张灵秀才作朱衣金目天魔舞⑲，用以棒碎黄鹤楼，踢翻鹦鹉洲⑳。翘首问青天，一洗万古抑郁耳！

当拟榜发，有二三知己。领袖群英，借科名为文章吐气！揭晓后大为扫兴，前列诸公，半为李郃㉑、颜标、张奭辈。而杜牧之温飞卿诸名下，尽抱孟郊被逐，方干被黜之憾㉒！岂李杜之手笔，果不得与燕许㉓争一第之荣乎？直欲掉朱衣㉔之头，夺魁星㉕之笔。与杨於陵老公索墙头高立之贺知章，而问其故也。昔杜默下第，入项王庙登神座大言曰："以大王之英雄不能取天下，以杜默之文章不能成进士？"遂放声大哭，泥神为之坠泪。仆虽旁观，亦有喉破声咽者。使阮籍唐衢当此哭亦不成声，直当破涕为笑。有志之士能勿焚君苗之砚，投班超之笔也㉖。

仆志冷心灰，鬓毛且种种㉗矣。但求酌青莲斗酒，背长吉锦囊㉘，拥永和百城，悬邺侯万轴㉙。或学义山獭祭㉚，或赋习之《幽怀》㉛，或摹西台北海行草，顾而乐之，亦又何求？东弟他日，外而为窦融，内而为常何，庶几于班叔皮马宾王。之后为老伧设一席乎，甚以为望。

此信选自《李龙集·卷五·我存续稿卷上》。

【注释】
①陈平：陈平归汉高祖后，因功屡升迁。
②吴汉：(?—44)，南阳宛（今河南南阳）人，随光武成为东汉中兴名将。
③髡钳：古代刑罚。谓剃去头发，用铁圈束颈。

④南阮之忧贫：由成语"南阮北阮"演化而来。指聚居一处而贫富各殊的同族人家。

⑤若合符节： 比喻两者完全吻合。

⑥贾长沙：即贾谊，其代表作《鵩鸟赋》。

⑦庄姜：是中国历史上第一位女诗人。班婕妤：嫔妃称号，西汉女辞赋家。

⑧韩、范、富、欧：指称宋仁宗时贤宰，即韩琦、 欧阳修、富弼、范仲淹。张、韩、刘、岳：指南宋初年的名将张俊、韩世忠、刘锜、岳飞，他们都力主抗金，屡建功勋。

⑨第：封建社会官僚贵族的大宅子。

⑩"倏若"句：太阳极快地飞逝，像白马在细小的缝隙前跑过一样。形容时间过得极快。下半句是说：就连张良、邓禹、周瑜这样的英姿少年也感叹时光太快，预感到成大事没有希望了。邓仲华：即邓禹。

⑪张苍：战国秦汉之际的科学家、儒学者。颜驷：汉朝的一位老郎官。赵充国 (前 137–前 52)，汉朝名臣、名将，陇西郡上邽人 (今甘肃省天水市) 人。高允：字伯恭 (390–487)，南北朝北魏大臣，渤海蓚 (今河北景县) 人。

⑫长爪郎：唐李贺的别称。

⑬大耳儿：是刘备的绰号。拊髀泣下：拍着胯骨悲泣。拊髀，以手拍股。

⑭全罗道：指昔日朝鲜八道之一。瑷阳一江：指凤凰城北与瑷阳镇一带至鸭绿江沿线。

⑮"恨不携"与"登名山"二句：暗引李白《月下独酌》和杜甫《望岳》，来抒发爱国爱乡情怀。

⑯"令相如"与"徐文长"两句：令司马相如戴上头饰装扮成戏子角色；让徐渭 (字文长) 为之击鼓。钗：旧时女子头上戴的一种首饰。

⑰"陈龙川"与"康对山"两句：让陈亮 (号龙川) 操鼓板打拍子，叫康海 (号对山) 弹琵琶。按拍：打拍子。康对山即康海，号对山，明陕西武功人。

⑱"杨升庵"与"苏同文"二句：让杨慎 (号升庵) 插上头花，涂上脂粉，扮作十七八女郎执红牙板歌杨柳岸晓风残月，使苏轼弹铜琵琶，执铁绰

板唱大江东去。

⑲"张灵"句：让张灵秀才打扮成红衣金目（黄眼睛）的乞丐跳起"天魔舞"。

⑳棒碎黄鹤楼、踢翻鹦鹉洲：均为李白的诗句，作者借用于此来设辞"意气"与"风流"。

㉑李郃（808-873）。大和二年（828），廷试中，做《观民风赋》和《求友诗》，擢进士第一。

㉒"尽抱孟郊"与"方干被黜"两句：孟郊尽管中了进士，但做官中途竟被驱逐回家，方干虽有才学却科考不第。

㉓燕许：唐朝诗人张说和苏颋的并称。

㉔朱衣：古代绯色的公服，亦指穿这种公服的职位。

㉕魁星：古代星宿名称，还是中国古代的传说神话人物。

㉖"有志之士"与"投班超"二句：分别由"君苗焚砚"和"投笔从戎"演化而来。君苗，指崔君苗，为西晋人。

㉗鬓毛且种种：指头发短少，有老迈衰颓之意。

㉘长吉锦囊：李贺（字长吉）外出常带一小仆役，骑着驴骡（一种似骡的动物），背着一只前代人留下的破锦袋，遇到想出的诗句或心得，就写下丢进口袋中。

㉙"拥永和"与"悬邺侯"二句：均指藏书之多。永和，指南北朝李谧，字永和。邺侯：指唐朝宰相李泌，被封邺县侯。

㉚獭祭：又叫作獭祭鱼。獭摆放鱼的现象，含有堆砌的意思。

㉛《幽怀》：是唐代作家韩愈的五言诗的题目。

与刘冬葛老谱弟说帖

李澍龄

　　别不数日，䐜饥①转甚。想东仲与道大适，不审餐卫②，近复何如？日来心绪大不佳，终朝与三两蒙童，喃喃口授。竟日在子曰诗云中过活，甚觉无味。服龙以耕，沐猴而冠③。局促不耐，楚咻齐傅④，亦老学庵中措大之魔难也⑤。夜间乡梦频作，慈颜妻子合眼便在目前。梦中悲喜交集，啼声往往达于户外。醒则老泪盈把，浸淫枕褥。总因心不能为国主，五脏神不能受意动静天。天末流人，何日了局？

　　迩来东归之计已决，但不可为外人道。居停主人，白驹固难维絷。特恐讨债夜又作投辖之陈遵⑥，罗横东返之踯躅巫臣⑦窃逃之迹，不能来明去白耳。

　　年来，王僧孺舌耕之资⑧，与范长头⑨润笔之费，尽化作枕上过口烟云⑩。箧笥中剩有质帖数纸⑪，看囊通共不过太史世家之数。约有张华博物一部，即可完璧归赵。天气恢台⑫，溽暑⑬将至，娄敬挽辂之羊裘可以慰寒⑭，不可以御燠。想刘文叔当此亦不忍见披裘之故人，夏葛之需不能不取给于冬葛也。

　　近日子房疲弱，又作杜门不出久矣。兼之罂粟花主，又有陈蔡之厄。是以疏懒之叔夜，卧游之少文，尽若为风雨中之相如解嘲。因遣小毛椎⑮凭三寸不烂之舌，从飞奴求救于隆准公帐下⑯，为包胥⑰秦庭之哭。或遣孔方兄带鲁褒⑱神兵少许，日间即出夷甫⑲之阿堵，庶几可助昌黎公⑳，送穷鬼出门去也。

此致元览，伫待福惠。书不悉意，临颖神往。

此信选自《李龙集·卷六·食砚漱经唾余录上》，写于光绪十二年（1886）四月离京之前。

【注释】

①鞣饥：鞣（音 zhōu）本意重载，此处释作"重"。"鞣饥"，重饥也。

②不审餐卫：对饮食调养很不讲究。

③沐猴而冠：沐猴，猕猴。冠，戴帽子。

④楚咻齐傅：齐人辅导，楚人干扰。比喻势孤力单，观点或意见支持的人很少。

⑤老学庵：陆游晚年长期蛰居农村，在幽静清贫的生活中度着时光。将书室命名为"老学庵"。措大：旧指贫寒失意的读书人。

⑥投辖之陈遵：陈遵为留住客人，把客人车上的辖取下投到井里去。

⑦巫臣：又称屈巫，楚国的大夫。

⑧王僧孺（465–522），南朝梁诗人、骈文家，山东郯城人。舌耕之资：教书得来的薪水钱。

⑨范长头：范岫（440–514），南朝济阳考城（今民权县）人，仕宋、齐、梁三朝。

⑩枕上过口烟云：意为吸食鸦片，引申为挥霍钱财。

⑪箧笥（音 qiè sì）：藏物的竹器（多指箱和笼）。质帖数纸：指当票几张。暗喻自己贫困潦倒，故将东西都典当出去。

⑫恢台：恢，大也。台，即胎也。

⑬溽暑：犹言暑湿之气，指盛夏。

⑭娄敬：汉初齐国卢（今山东省济南市长清区）人。挽辂：车上供牵引用的横木。

⑮小毛椎：即小毛笔。

⑯飞奴：信鸽，古称"飞奴"。隆准公：指刘邦。

⑰包胥：即申包胥，春秋时楚国大夫。

⑱孔方兄、鲁褒神兵：均为"钱"的代称。鲁褒，西晋文学家。

⑲夷甫：西晋的王衍，字夷甫。此人标榜清高，"口不言钱"，竟然称"钱"为"阿堵物"。

⑳昌黎公：即韩愈。韩愈有《送穷文》。作者以此代指自己。

与刘东阁老弟启

李澍龄

别来无几，夏易而秋。碧梧叶落，红蓼花疏。野水当门，西风入室。正前书所云："将一片热恼场，化作清凉世界矣！"

想丹崖发尊，道体平安奇爽。可知拟之《西厢记》《牡丹亭》，正草桥惊梦还魂初醒之时。即《法华》《楞严》《南华秋水》诸篇，圆灵朗澈候也。

兄于五月十七日抵舍，跪谒慈颜，泪如雨注。荆妻儿女，环床拱侍，半晌呆立，嗫不成声。东坡云："一家环哭，如死别之重生。"正谓此也。既而老母作声曰："儿归矣，儿尚知有老母在耶！微冬葛，我母子几无相见时矣！"兄念读书半生，既不能致身显荣，稍慰亲心。复以负罪之躯流荡天末，亏晨昏定省之欢，使老母伤心至此。兄将何以自立于天地之间耶？居数日，宗厚臣信宿斋中①，搜箧笥得陶观察关书②。知余有鄂幕之约③，举以告母。母怒且泣言："儿自被逮以来，八年于兹肠断矣，心碎矣。倚闾西望④，眦决⑤目穿。他乡未卜生还，今生恐难相见。犹幸冬葛好友，携汝自千里归来。举室相庆，如获再生。乃西行甫返，又欲南游。弃亲远出，尔心何安？但愿吾儿为茅容⑥，断不愿吾儿为温峤。有我一口气，必不放汝出门去也。"星鄂之游，遂成画饼。

拟于宅之东偏，就场隙地，借柳荫深处为读书堂五楹⑦，童冠讲学其中。虽不若炎汉之杨伯起、马季长⑧；隋唐之文中子、韩退之⑨；宋之陆象山、张横渠⑩；明之薛文清、王伯安教授生徒⑪，著书传后。而拾我家延平盱江之唾馀⑫，借以养亲训子，亦三家村冬烘学究⑬之冷淡生活也。

　　奈以连年河水涨发，百谷不登⑭，嗷嗷数口，待布而衣，待粟而食。天不雨玉⑮，地不生金，为之奈何？且兄家本寒微，子云无儋石之需，任昉少朱门之友。拙若刘公而鬼笑其贫⑯，穷逾谢生而天不加悯。徐文长有獡⑰疯之目，陈同甫得狼疾之名。时也命也，何怨何尤。此阮籍之哭途穷，不若杨慎之插花游。杜默之泥神泪，不若张灵之天魔舞也。复以性如裴度，鸡猪鱼蒜，逢着便吃。疏若韦庄，米盐细碎，未尝挂口。

　　八载窜游，零落益甚。比及归来，仅剩得数卷残书横陈架上。寒不可衣，饥不可食。筑室之谋，心余力歉。虽有执经联襼者⑱，何以为下榻设座？地步未审，东仲何以教我也。向禽婚嫁之债，尚有一女未定所适⑲，心甚念念。

　　昔韩滉有女，尝属意于杨于陵。杜衍有女，独中意于苏舜钦。以及吕公弼之择韩忠彦，陈尧咨之择曾公亮。赵昌言之择王旦，富文忠之择冯京。非关儿女情长殷于择婿，亦以百年之身皆分内应为事也。兄前因金在公作伐⑳，与东仲业有成说。今虽在公不在，而言犹在耳。谅不至如张延赏之俗眼，以韦高之贫为悔。胡靖势利，徒以解大绅之逮系为耻也。且廿年相识，早称莫逆。不妨以父母之命代媒妁之言，宋李文靖之于王孝先，范蜀公之于庞直温。或感知己而结为姻眷，或念旧谊而联为婚姻。

　　仆虽不敏，心向往之。况伊者高阳世系，旧属姻家。汉室之胄㉑，唐室之裔㉒，门户又足相当耶。一笑。今将小女年命㉓寄去，祗候钧裁㉔。倘以天缘之合，结秦晋之盟，诚鄙人之所大愿也。彼郭博士教设中庭，独许延明登座。崔季让广收图籍，不妨杨玠腹藏㉕。景仰前薇，传为佳话。焉知我辈，不足嗣音。则李虚已知人择配，既识晏殊之望尊。而李良器子婿盈门，偏待崔枢之礼重。异日者，传柑㉖席上，新昌宴中，当共作掀髯㉗一笑也。

　　此信选自《李龙集·卷六·食砚漱经唾余录上》。写于 1886 年从京城返乡之后。

【注释】
①宗厚臣：海城宗家台人，李龙石谱弟。信宿：连宿两夜。斋中：家中。
②陶观察：指陶访予，时在京城候官时与李龙石相识结为好友，不久补为湖北观察使。关书：犹"聘书"。
③鄂幕之约：去湖北做幕僚的约请。
④倚闾西望：闾，即古代里巷的门。意为母亲靠在里巷的门口向西南方向的远处殷切地望着。
⑤眦决：眼睛睁得几乎裂开，形容愤怒到极点。眦(音 zì)，眼角。
⑥茅容：汉时河南陈留人。孝子。
⑦五楹：五间房子。
⑧炎汉：对中国古代汉朝的尊称。杨伯起：杨震(? -124)，东汉弘农华阴人，博览群经，当时称为"关西孔子杨伯起"。马季长：马融 (79-166)，东汉儒家学者，著名经学家，尤长于古文经学。
⑨文中子：即王通(580-617)，隋朝著名教育家、思想家。韩退之：即韩愈。
⑩陆象山：即陆九渊 (1139-1193)，南宋著名的大学问家、教育家。张横渠：张载，又称张子。北宋哲学家、理学创始人之一。
⑪薛文清：薛瑄 (1389-1464)，明代著名的理学大师，河东学派的缔造者。王伯安：即王守仁，明代最著名的思想家、教育家、文学家、书法家、哲学家和军事家。
⑫我家延平：即李侗，南宋学者，南剑州剑浦县崇仁里樟林乡 (现南平市延平区炉下镇下岚村) 人。唾馀：比喻别人无足轻重的点滴言论或意见。
⑬冬烘学究：指昏庸浅陋的知识分子。
⑭百谷不登：指庄稼不成熟，而年景歉收。

⑮天不雨玉：老天也不降下珠玉。

⑯"拙若刘公"句：我的处境就像当年刘伯龙一样贫困，连鬼都讥笑我。

⑰猰（音 yà）：疯狗。

⑱执经：手持经书。谓从师受业。襼（音 yì）：衣袖。

⑲所适：所嫁之人（丈夫）。

⑳作伐：《诗经·豳风·伐柯》，"伐柯如何，匪斧不克；取妻如何，匪媒不得。"后因称做媒为"作伐"。

㉑汉室之胄：即汉朝的帝王或者皇帝的后代子孙。此指刘春娘。

㉒唐室之裔：唐王朝帝室的后代子孙。谓自己。

㉓年命：年庚，即生辰八字。

㉔祗候钧裁：等候您的决定。钧裁：此为对春娘裁决的敬称。

㉕"崔季让"与"不妨杨玠"句：杨玠娶崔季让女。崔家富图籍，殆将万卷。

㉖传柑：北宋上元夜宫中宴近臣，贵戚宫人以黄柑相赠，谓之"传柑"。

㉗掀髯：笑时启口张须貌。

与刘东阁书(二)

李澍龄

时物变矣，骄鸟唤人。花笑柳频，恼人怀思。

犹幸九十韶光，晴多阴少。疲牛羸马，阡陌不劳。上巳后桃花水至，不日随落花流去。又得一犁雨，良苗皆怀新意。每晨起直视，生机在眼。平畴叠翠，远岸含青；南浦片帆，出没林际；隔村烟树，迎门环拱；朝暾初升，曙霭浮地，如万丈白蛇动曳。虹贯素练混漾，绵亘天半。麦垄鸠声，隔柳莺声，田间叱犊碌碡声，与茅屋书声相答。幽居野况，聊以自适。浣花辋川，当不少让。固不必拟华胥醉桃花源、寂光国①诸幻境，求之虚无飘渺间也。

回忆都门枉顾②，邮舍过从。擘③鸭脚、沾白坠，雨窗④大嚼，以南华楞严、会真还魂记作下酒物。数载心交，千里良会。此时此事，胡可易得。又念津沽附艘，挂席东下。天风飘襟，海色浮袖。空青一碧，平吞山光。弦月隔挂，仰见星斗。鱼龙喷浪，耀金散珠。怒飚卷涛，飞花滚雪。惊魂动魄，形为梦呓。今虽闭户家居，求如乘风破浪时之聚首把臂，而不可得，何杜陵会面之难也。

由今思昔，倏忽经年。俯仰之间，恍如隔世。临风怀想，能不依依。夜坐无聊，时展来书，以慰饥渴。既约我以腊尽春回，又许我以桃花红后。自青鸟司分⑤以来，固无日不延颈北望也。

鄙人自赋归来，足不出里门者数月矣。人间冷应酬，一概屏去。名心消尽，万事灰冷。晨昏定省之余，时以读史学书供消遣。东坡云："便有好事人，叩门求醉帖。"又云："初如食小鱼，所得不偿劳。"⑥鄙人所为，何以异是。自以材朽行秽，见弃圣朝。附赘悬疣⑦，侪猿友鹤。呼牛呼马，听之行路。庄生有云："散木以不材全其天年，虽不鸣之雁，见弃于主人，亦所弗恤也。"况沈初明之母老在东，茅季伟之鸡豚久缺。春晖寸草，稍报乌私⑧。日觐慈颜⑨，他复何望。用志不分，乃凝于神。佝偻承蜩⑩，殆近之矣。

来书以贞藏，永固励仆，愿不负良友所期也。只以瓶罄罍耻⑪，坐叹尸饔⑫。麦粥粗粒，不堪下箸。当食啜泣，实难为情。昔人菽水可以承欢，而有水无菽，饥于何疗？此筑室教授之谋之为尤急也。鄙人菲德，原无奢愿。不惟无谢安捉鼻之志，亦并无贞白画牛之心。且有刘璠福薄，罗隐命蹇之虞。抚衷自揣，今是昨非。但得数椽为诸生下榻地，借以仰事俯蓄⑬足矣。窃尝笑潘安仁卢藏用之为人，将一片名利热肠，尽寄于闭居终南间。又讶殷深源、房次律，终不免为两截人⑭。即文中子献《太平十二策》，陈龙川以《酌古论》示周葵，及《上孝宗》等书，皆属多事。

仆之结茅，乃卜子之西河，即鄙人之菟邱也。俾得食息其间，以三寸不律谋生，窃附自食其力之义，颜其居曰养园。盖取其赀以养亲，借其地以养身，撙栉其余以养妻子。顾而乐之，何多求焉！鄙人愿无改乎此度，当不令丹崖冬奇两君子⑮，以仆为当世之周彦伦⑯。再烦孔德璋⑰大笔，作第二北山移文也。至于养晦养道养人才，极之以养天地万民，此大丈夫有志于当时后世者。如毛戴郑孔濂洛关闽房杜魏姚宋韩范富欧阳薛河洼王新建等⑱任之，岂吾事哉！

来示结侣游山之约，恐不能践。不独童蒙缚我，不能得一日闲。揆之鄙人之心，亦有动极思静之意。且天地间何处无草树，何地无花鸟。彼谢客之"池塘春草"，摩诘之"春山可望"⑲。邱迟之"杂花生树，群莺乱飞"。靖节⑳之"树木交荫，时鸟变声。"随时随地，无在不有，何必山中。

仆数年前，环垣种柳树百株。大者拱把，高与檐齐。今已森然矗立，绕屋扶疏矣。春来小鸟啁哳其中，开轩面树，如听笙簧，得意忘言，对之消日。尝诵六朝句云："春秋多佳日，林园无俗情。"又益都相国楹联云："一树一花影；无时无鸟声。"我思古人，先得我心。北窗高卧，不减羲皇上人。第无羽士，戴同虚者，与谈庄列微言耳。馆中生徒，已得麒麟阁㉑数。虽此日之四友七贤㉒，不必皆他年之五臣六相㉓。而抗心希古，颇有不甘为王半山㉔之应声虫者。狄门桃李㉕，韩门籍湜㉖。求之近今，讵无其人，亦在教之而已。近来士习，日即偷靡。不惟六经、七纬、三通、四史、诸子、百家，尽束高阁。即左国屈宋贾董班扬曹刘颜谢陶陆徐庾李杜燕许之脍炙人口者，亦茫然不知为何物。偶有三家村之名士，十室邑之达人㉗。买得高头讲章一部，便沾沾自喜。以为茂先不足比，孝先不能俦。而冬烘学究，豆眼蓬心㉘，迂腐者流，又从而衿羡之，相与避席拊掌，称道不绝口。几何不令贾长头范长头辈，汗颜无地耶。闲尝披览往籍，甚慕申屠子龙庞德公两人，盖皆所谓潜龙勿用者。又二疏归田里，仲翁请以赐金买田宅，其居心广大宽平，令人生羡。较杨伯起以清白吏遗子孙，犹有好名之心也。甚惜诸葛卧龙，被君家大耳儿唤醒草堂春梦。与徐元直作替身，将一腔心血，尽付之五丈原中，耽搁南阳一生受用耳。课徒之暇，时以陶隐居《闲情赋》，王右丞《山中与裴迪书》自课，心向往之。又以马伏波《戒兄子严敦书》，陶渊明《与俨俟等疏》，陈暄《与兄子秀书》，教子侄辈。盖恐子侄与吾异趣也。

小女许君嫡嗣，年齿甚当，亦大慰母心。鄙人五女，惟此女甚得大母欢，母亦甚钟爱之。仆尝诵来书于母前，读至长男以艺学起家等语，母欣然曰："学问吾不知，以东阁居心行事，必有佳儿。况长男得气于先天者独厚，固不俟延明登座，定知其为快婿也。吾儿愧为黄干之言，东阁殆犹未免客气乎"。

客秋洪水，百岁仅见。怀襄浩荡，不减尧年㉙。大河之西，被洪涛汩没者，不啻万家。波臣退去后，民居庐舍。庮庸㉚存者，一

邑中十无四五焉。而敝庐数椽③，依然无恙，不可谓非幸也。当亦
鄙人事亲之一念动之乎？未可知。月朏②晨起，飙风驶马，歘尘扬
砾。屋茅朽溽炀溜③者，尽为九万里扶摇吹去。觉黄帝垢梦，周郊木
拔，尤为吓人。数口嗷嗷，果腹不足。一遭霖雨，必致渗漏。将求
为容膝之安，而不可得矣。夫环堵萧然④，疏食泊如。安分守贫，
尚可强致。若颜氏子⑤，陋巷之中，居以漏室。即天怀坦荡，亦难
忍受，又岂鄙人所敢希乎？

际此花放春归，草熏麦秀。堤柳摇风，陇云迟客。旧雨不来，
瞻望何及。中和之初，随小渠张生致书问候。延伫高轩，于兹两月。
珊瑚未寄，备增萧瑟。梨花瘦尽，懒逐东风。藻雪胭脂，海棠泥
污。撑肠牢绪，寸褚⑥难鸣。芳杜厚颜⑦，老莺语涩⑧。即以广平之
口，作鲁公乞米帖⑨可也。觏缕情深⑩，言长札短。蹦之不置，幸勿
为怪。吮毫凝睇，神往无既。

此信载于《李龙集·卷四·养园漫稿上卷》。

【注释】

①寂光国：亦称寂光，指如来佛所居住之净土。

②都门枉顾：敬辞，屈尊看望。

③辟（音 pi）：掰的意思

④雨窗：清代诗人妙信所写的一首五言律诗。

⑤青鸟：借指春季。司分：古代历正的属官专司春分、秋分。

⑥"东坡云"四句：前二句出自苏轼诗《孙莘老寄墨四首》，后二句出自
《读孟郊诗二首》。

⑦附赘悬疣：赘，附生于皮肤上的肉瘤。悬疣，皮肤上突起的瘊子。比
喻多余无用的东西。

⑧乌私：原自晋李密上书晋武帝之《陈情事表》中语："乌鸟私情，愿
乞终养。"后因以为孝养老人之典实。

⑨日觐慈颜：每日都要拜见母亲。

⑩佝偻承蜩：成语。佝偻，驼背者。蜩，蝉，幼虫。蛹佝偻爬行，终至有翅高飞。比喻做事精专，全神贯注，方能成功。

⑪瓶罄罍耻（音 píng qìng léi chǐ）：瓶罄，都为盛酒器。小者为瓶，大者为罍，二者相辅为用。比喻关系密切，相互依存。

⑫尸饔(音 shī yōng)：尸，主持、主管。饔，熟食、饭菜。

⑬仰事俯畜（音 yǎng shì fǔ xù）：上要侍奉父母，下要养活妻儿，泛指维持一家生活。

⑭两截人：言行不一之人。

⑮丹崖冬奇两君子：指刘春娘和李如柏两位朋友。

⑯周彦伦：南齐人。隐居钟山后应诏出来做官，孔稚圭作《北山移文》来讥讽他。

⑰孔德璋：即是孔稚圭 (447－501)，会稽山阴(今浙江绍兴)人。南朝齐骈文家，其代表作《北山移文》。

⑱毛戴郑孔濂洛关闽房杜魏姚宋韩范富欧阳薛河洼王新建等：毛，即毛亨、毛苌。毛亨，是"毛诗"的开创者，今河北省邯郸市鸡泽县人；毛苌，西汉赵（今河北邯郸鸡泽县）人，相传是古文诗学"毛诗学"的传授者。戴，即戴德、戴圣。戴德汉元帝时作《大戴礼记》。郑孔，是经学家郑玄和孔安国的并称。濂洛关闽，即宋代理学的四个学派。濂，指濂溪周敦颐；洛，指洛阳程颢、程颐；关，指关中张载；闽，指讲学于福建的朱熹。房杜魏姚宋，即房玄龄、杜如晦、魏征、姚崇、宋璟，他们都是唐朝的名相。韩范富欧，即韩琦、范仲淹、富弼、欧阳修，均为宋朝名相。薛河洼，即薛瑄，明朝著名理学家。王新建，即明朝的心学大师王守仁。

⑲摩诘：王维，盛唐时期的著名诗人。"春山可望"句：出自他的名诗《山中与裴秀才迪书》。

⑳靖节：即陶渊明。

㉑麒麟阁：汉朝阁名，供奉功臣。指卓越的功勋或最高的荣誉。

㉒四友七贤：即"东吴四友"和"竹林七贤"。四友是诸葛恪、张休、顾谭、陈表。"竹林七贤"指的是晋代七位名士阮籍、嵇康、山涛、刘伶、阮

咸、向秀和王戎。

㉓五臣六相：五臣，即五个臣子，所指不同。一是指辅佐先朝天子的大臣，如：舜有臣五人。即禹、稷、契、皋陶、伯益。另指注释《文选》的唐代吕向、吕延济、刘良、张铣、李周翰。六相：指传说辅佐黄帝的蚩尤、大常、奢龙、祝融、大封、后土，分掌天地四方。

㉔王半山：即王安石（1021－1086），封荆国公。

㉕狄门桃李：狄仁杰在武则天朝做宰相的时候，提拔了很多官员，几乎遍布朝野。

㉖韩门籍湜：籍湜是唐代文学家张籍和皇甫湜的并称。两人都是韩愈的学生。

㉗三家村、十室邑：出自明末清初著名诗人、文学家阎尔梅诗句"十室邑中黄菊窖，三家村里白杨墟。"

㉘豆眼蓬心：豆眼，表示很惊讶。蓬心，比喻知识浅薄，不能通达事理。

㉙尧年：古史传说尧时天下太平，因以"尧年"比喻盛世。

㉚庯庩(音 bū tú)：指屋势高低不平貌。

㉛敝庐数椽：敝：按文中之意应为"蔽"。椽：古代房屋间数的代称，此指我家的多间房屋。

㉜朏 （音 fěi）：新月开始生明发光，亦用于农历每月初三日的代称。

㉝朽溽：朽，指朽木。溽，湿润。即闷热的酷暑。炀渞：炀，炽热。渞(音 qiú)，水源。即盛夏的水流。

㉞环堵萧然(音 huán dǔ xiāo rán)：环堵，环着四堵墙；萧然，萧条的样子。形容室中空无所有，极为贫困。

㉟若颜氏子：据《颜氏父子异志》载，颜延的儿子颜竣位高权大，什么都要供养的物品，而颜延不要任何一个待遇，穿的是布衣，住的是茅屋，冷清地度过日子。

㊱寸褚：即古时文人雅士互送的明信片，明清时曾叫作"寸褚"。

㊲芳杜厚颜：是谜语"芳杜厚颜，薜荔蒙耻"的上半句，其谜底是"含羞草"，作者以巧妙的手法吐露出本人将羞于开口的话表达出来。

㊳老莺语涩：作者自比老莺，暗示有话说不出。语涩，说话艰难，不流

利。

㊞鲁公乞米帖：鲁公即颜真卿，是我国唐代著名书法家。因封鲁郡开国公，故后人称他颜鲁公。

㊵觏（音luó）缕情深：觏缕，委曲详尽而有条理地陈述。

复刘冬葛书

李澍龄

骄阳似火，奇峰插天。茂树团云，柳阴匝地。丑煽几动，万象恢台①。杼柚予怀②，缱绻曷极。即稔丹崖尊者，延爽招凉，与时增长。校天禄之书③，作洪范之志④。于以登高，明远眺望。凌医巫绝顶，仰扪青霄。俯拾万壑，快胜可知。

伻⑤回得手书，并惠毛诗一部，是即君家武皇之杨可告缙⑥也。当即命隶挠诹吉⑦，鸿荑敷土，壬尔倕般⑧。饬材木遂于葵花初绽，鸠工榴闰⑨，念七日上梁。意以为巢窟之安，本无献文轮奂⑩之华。

新种大小麦四百余亩，但使高凤之场，不为雨水漂去。固不致如方朔自言贫，再修鲁公乞米贴也。奈以乾娠迭禅之际，天气亢旱，云汉炎赫，田祖⑪无神。虫口之余，尽成糠核。有荄无粒，奈何奈何！

矧自春伊始，米珠薪桂⑫。子云之儋石无余，步兵之空囊涩我。自遭不造，夫复奚言。加以房园基址，为陉浪淘成窳窟⑬。上工十余人，三易圆蟾⑭，未告成功。旧存余桷⑮，为风雨炀渞⑯。一经斧凿，半多腐败。代橼无竹，补茅无萝。运陶侃之甓⑰，立相如之壁。拮拘于索，草次竣功。讨债夜叉，踏穿户限。手足无措，五内焦灼。此虞公无厌之求，不能不拼得杨光远十重铁甲之面。劳广平介绍之，再三往返也。

养园之筑，本无奢望。居于农圃，性近猿鹤⑱。但得如申屠子龙之因树为屋，储经史图籍于其间。课生徒以自给，养亲教子于愿已满。老子云："知足不辱，知止不殆。"鄙人愿守此二语为家法也。每得手示⑲，老母必令朗诵于前。有父语艰深处，务以浅白语解之。来书言令嗣习方圆钩股⑳等法，知已通杨辉郝经之术。又闻广平述塾师博陵道长，颖悟逾群从之语，母心甚慰。前书艺学起家之言，良不虚也。

昔燕山窦氏㉑有五子，各守义方。邓禹十三男，各授一艺。以今例昔，异世同揆。船山句云："交疏偏有知名客，儿好强于负郭田。"㉒即为丹崖移赠可也。但自顾庚儿㉓，天生笨伯，时有景升豚犬之愧。以李蔡才本中下，李善又不能文，虽不至有李峤无儿之讥，终恐有李藩不类之叹。然李沆之子无大器，固愧为王孝先之姻行。而李迪之嗣少令闻，幸得为孙明复之娅仲。他日崔枢入西平之门，未始非愿诉愚宪辈之一助也。庚儿小有聪明，但苦扞格不入。鄙人令其随众讲授，窃取孟子养不中不才之意，并孔门诗礼过庭之诏，而亦废之。若使吾门有陈亢，当必仆为远其子之君子矣。即教授生徒，亦不拘拘训诂附会之说。时取诸子、百家、集传、杂著，旁通曲引，各随其性之所近，不强其所难。盖胶柱鼓瑟㉔，剖舟求剑，按图索骏，必至有刻鹄类狗㉕之讥。如优孟衣冠㉖，登场脚色，步履动作必按鼓板行去，岂不可笑！昔李药师兵法不袭《握奇》八阵成式，故能得风后孙吴武侯之秘变而通之，可以百胜；房乔魏征删定刑说，不字字录李悝萧何之旧，故切中情理，可以久行。颜鲁公学书，无一笔波戈强学钟王㉗，故能于其意外十二种笔法，无不惟肖惟妙。使必如伯乐之子，以怒蛙为善马几何，不若借渊明头上葛巾，向旧酒缸中捞漉糟粕耶！迂腐书生，懵懂秀才，何足法哉？且诸生讲义，不可为宋儒语录所拘。倘泥古穿凿，固窒鲜通。如柳子厚㉘所云："束缚之使若牛马然，跛鳖㉙萦膝动弹不得，岂圣贤教人本心耶？"张惕庵云："余掌五华书院㉚，以讲学谈经为职业。覆翻前书，顿觉浅白。似绕羊肠路，百十步不离故处。如食鸡跖啖蔗尾，摇唇嚼齿，索然无味。以之为已，如东坡读《孟东野集》得不偿劳。以之为人，如白香山作诗，惟恐灶下老妪不晓，此老妪具晓之，卒不能诗也。"韩慕庐云："北宋后僧徒陋劣，乃兴语录，儒者尤而效之。所记程朱之语，杂以俚俗，尚不如鸠摩罗什缮梵书，能用《尔雅》《说文》，可谓有志。"观二子之言，世之束书不观，自称白描高手，为腹负将军解嘲，反以诸葛之"但观大略"，渊明之"不求甚解"为口头禅，岂不令卧龙怀羞，彭泽齿冷耶！近来士子受八股劫者，滔滔皆是。较骊山之坑，党锢之狱，白马之流㉛，为尤甚焉。即令孔颜复生，亦且有投笔废书而叹者。

　　盖神农不能服豕以耕㉜，周公不能束猴而冠㉝，势不行也。鄙人自受足下禹鼎秦镜㉞之戒，充耳合眼，钳口卷舌，为仗马寒蝉㉟久矣。今幸苏武羝乳㊱，燕丹乌白，不致叹马角之不生。泯之蚩蚩，为聋为哑，世间闲是非概不闻问，又何敢鼓动唇吻，妄谈时事耶！因阅壬申问书㊲，有士习偷靡㊳一段。又癸酉在舍，填词作别，有红尘何处插脚等语。狂奴故态，一触复作，遂不觉言之长耳。

　　鄙人为圣朝所弃，附骥归来，如庆再生。僻处河洼，既违城市，又远通衢。林园阒寂，鸡犬皆嬉。虽云湫隘，绝少嚣尘。地非武陵，柳如栗里。草肥渚浅，不羡桃源。老树野花，居然古洞，斯世不无怀葛人间。尚有康衢，含哺击壤，此其流亚。

　　尚冀养园落成，遂余初服。绿树如藩，青条踠地㊳。苔藓似缛，鸟弄笙簧。草蘸油油，花翻醋醋。闲云野鹤，各畅天机。砚作良田，笔耕代禄。小人有母，不叹尸饔。荆妻举桉㊵，时作嘉宾。儿课以诗，女教以职。人生乐事，半在家庭。回首当年，恍如春梦。东隅已逝，桑榆非晚㊶。陶唐在上，不妨箕颍㊷。薇蕨遍野，何必首阳。旧作杂兴句云："案有诗书心富贵，门无车马耳升平。"盖自娱也。

　　比来心中甚为不快，一巢之营十分窘急。自朝至昃㊸，尽日纷嗷。执经连襟㊹，人浮于室。东食西宿，靡所定处㊺。加以荷锄者，举锤者，操畚者，执斧执锯者，此也数米，彼也量柴㊻。拆东补西，支吾摒挡。漏瓮焦釜，其何能沃㊼。九仞一篑㊽，几废半途。既竭吾财，欲罢不能。乌栖之谋，几如捧猬。眼前疮剧，心头肉少。剜此医彼，诚知其难。新妇虽巧，终难作无面馎饦㊾也！绿野庄成，尚借青田分润，丹崖必不吝西山一片石，备山人础碣用也。班氏《白虎通论》云："朋友之道五，而通财不与焉。"孟坚一语，杜塞古今无数告贷之门。盖孟坚知近世人情，重利轻义。苟一通财，必伤交道。不然周急之义，圣门不废。岂孟坚为此矫激之说，反为天下悭吝鄙啬之子借口耶！秦汉以还，以通财全交者，指不胜屈。而分财庇寒，散金恤旧，如君家河间梁孝两贤王㊿者，尤代有其人。

　　盖古人之交，觉有重于通财者。而财可不论，岂谓朋友概不通哉！尝疑春秋二百四十年，尼山㉜独以善交，许晏婴而不及管鲍。及读少陵管鲍贫时交之句，而恍然矣。盖晏所交者，如侨肸季札，皆列国名卿，聘问通好，投赠献纳，故圣人以久敬称其善。问有如管鲍之贫交者乎？无有也。使以平仲处叔牙之地，未必能如鲍子之始终不渝也。观其豚肩不掩㊾。浣濯而朝㉝于君亲，朝祭之大端，尚如此鄙啬。而谓能容夷吾之分金㊾自匿乎？又况堂阜脱囚㊾，荐以自代。恐非沮尼溪之封㊾者，所能出也。窃谓三代上之人，心忘贫贱而淡富贵，故鲍易而晏难。三代下之人，心重富贵而轻贫贱，故晏易而鲍难。若管仲者，直恃贫赖富，割舍一副厚面皮耳。吾故不高管子天下才，而高鲍子卓越之度。昔史迁愿为晏子执鞭，余亦愿为鲍叔纳履。鄙人之养，欲给求于丹崖，非敢如孔明以管仲自比，要未始不以鲍叔望足下也。

　　养园隙地，尚有五六亩。可以艺桑，可以种菜。春韭秋菘，风味泊如水陆之花，皆非愿植。盖庶子春华，不若茗柯秋实也。冀于春明花时，望丹崖命山中知木性者，担送数十株来，栽好而去。桃李梨枣，惟命所寄。丹崖本非王戎和峤一流人物，必不存钻核之见齐，而不予也。自今以往，屋以外有阴可憩，园之中有美可茹，即以养园作李愿之盘谷可也。昔李文饶平泉花木，一时称盛。乃以券示子孙曰："有以一木一石与人者，非佳子弟，何所见之不广也？"夫吴宫⑤花草，极目悲凉；仁寿⑧华林，皆为冷风。他如袁家渴、华子冈、庾信小园⑨。辋川别墅，颓垣废址，瓦砾蒿莱。从古立万世不易⑩之基者，除莘野伊尹。渭滨姜尚，首阳夷齐外，惟东山孔子为最后。此则诸葛南阳，太白采石而已。谢公之墩，似有专属。数百年后，几乎被王半山赖去，矧其下乎！彼石家金谷，郭家汾阳，豪华去后，金星零落，子孙迁徙，不知流转几人之手。而谓以一时钟鼎，作祖龙⑪呆想，为万世计胡可得哉？

昨有客来自北，为道丹崖疏河注海，为李冰治蜀，郑国穿渠之举，甚盛事也！客夏作别，天运已周。百里作隔，一面维艰。今秋河蟹既肥且多尊者，素有钱昆之嗜。倘能于荻白枫红之候，作王子安莲池之游。仆当调王肃鲫鱼羹，张翰鲈鱼脍以俟之。或携哲嗣⑫同来，仆将更扫东床，以待坦腹之逸少。且学郭博士招快婿，刘延明登座故事。俾崔季让之图书，任杨玠腹藏⑬而后去。传为美谈，岂不甚善。非我辈好奇，解人当如是耳。

近得川浙江右诸友问书，皆有荐蔡邕、征杨赐、出安石、起深源之意，鄙人即以申屠蟠之答黄忠者答之。盖已作东归之罗隐，固不欲与南郡生⑭上京相见也。书略曰：陈遵⑮之义，至深且厚。闵子之辞有似于矫⑯。但尝自揣心与世违，不特君为王阳⑰，鄙人不敢为贡禹。即令君为牛帅⑱，鄙人亦不乐为樊川。且使为叔皮，既不能作《王命论》。使我为孟坚，又不能作燕然铭⑲。诚恐李靖他日不足副，杨素之知何如？李业当年有以却公孙之召乎！虽不敢以渔蓑傲宫锦，断不欲以廊庙⑳易名山。鄙志已坚，无劳谆嘱。但使林下伧者㉑，中朝㉒尚有故旧。他年白发彭宣，重游平津之门，倘不峻门墙，许狂生入座。或开荆州之筵㉓，或设马援之位。纵不劳张季南为王生结袜，而丞相将军门下，尚有汲黯作长揖客，亦一时之佳话也。上有皋夔，下有巢许。今亦犹昔，讵让唐虞。敬谢故人，愿勿相强。

旧作有云："达为禹稷才不足，穷为孔颜学不足。能为华山坠驴⑭笑，勿为长沙坠马⑮哭。"忆自束发受书，亦尝有志于时矣。每览书史，见张子房陈孺子邓仲华⑯周公瑾，皆英英少年，事则怦然。动观廉颇张苍赵充国马伏波张柬之白首成功名，则奋然兴。又见张子文班定远周子隐马宾王等，改辙易行，名震中外，则为之聿然高望。他如梅福以一尉而上书，朱云以一令而言事，湖三老公乘兴以疏救王尊者，则公忠体国，急公好义⑰之心，又油然而生，奋袂而起也。今无望矣，不惟司马光以秀才任天下，虞允文以书生参军谋为多事，即河汾十二策，希文万言书，龙川酌古论，亦为多言。尝谓辕固申培二叟，董江都杨伯起两贤，皆为身名易讲学之素令人惋惜。若扬子云张茂先潘岳二陆辈，迹其平生出处之大节，诚非鄙人之所敢知也。假使武侯不出草庐，郤侯不出衡山，省呕多少心血，多得几许受用。

鄙人不才，窃愿曳庄生之龟⑱，画贞白之牛，以谢知已焉耳。诸君量深，鄙人计拙。士各有志，不可强同。虽嵇叔夜⑲不免见诮于巨源，当亦不至取憾于钟士季也。况狄怀英㊿之素心，早已在娄师德包容中乎。

如右所陈，诚为躁妄，窃忆诸君必不复我。附质丹崖，以为何如？病中作书，大是苦事。笔秃字细，目炫手膻。水牛下粪，刺刺不休。丹崖有何法力，为我医此赘瘰耳！附缄告贷，转致冬奇。非我数渎，恐心弟以介子绵上㉛之慨，再兴问罪之师也。

此信载于《李龙集·卷四·养园漫稿上卷》，写于光绪十三年丁亥（1887）闰五月下旬。

【注释】

①恢台：旺盛、广大貌。

②杼柚予怀：杼柚，是织布机上的梭子和筘。予怀：我的情怀。

③天禄之书：指清代官府所藏书目。

④洪范之志：《洪范》原为《尚书》篇名。

⑤伻（音 bēng）：使者。亦指仆人。

⑥杨可告缗：武帝于元狩四年(前 119)颁布算缗令。所谓算缗，就是征收商人和手工业者的财产税及车、船税。但由于有许多人隐匿财产，偷税漏税，故于元鼎三年(前 114)十一月下令百姓告发偷漏缗钱者，对举报者重奖，称之为"告缗"。

⑦诹（音 zōu）吉：商量选择吉日。

⑧倕（音 chuí）般：亦作"般倕"。巧匠鲁班（公输般）与舜臣倕的并称。

⑨鸠工：聚集工匠。榴闰：榴，农历五月的别称。此指闰五月。

⑩献文轮奂：形容屋宇高大华美。

⑪田祖：传说中始耕田者，指神农氏。

⑫米珠薪桂：原指米如珍珠，柴似桂木。

⑬恦（音 huī）：撞击。窳窟：窳（音 yǔ），凹陷；此指房屋塌陷。

⑭三易圆蟾：蟾：即月亮，此指过了三个月。

⑮桷（音 jué）：方形的椽子。

⑯炀涓：指洪水。

⑰陶侃之甓(音 pì)：由陶侃运甓的典故演化而来。陶侃：东晋大臣。甓，砖。人们用"运甓"表示励志勤力，不畏往复。

⑱性近猿鹤：借指隐逸之士。

⑲手示：书信用语。对对方亲笔来信的敬称。

⑳令嗣：此指刘春娘之子刘继荃。方圆钩股：方圆，即方形与圆形。钩股：即勾股。

㉑燕山窦氏：窦禹钧，唐末蓟州渔阳县人，官至右谏议大夫，以词学名世，并以教子有方名垂青史。

㉒船山：即王夫之，与黄宗羲、顾炎武并称为明末清初的三大思想家。交疏：交际疏远。负郭田：指近郊良田。

㉓庚儿：指李澍龄长子李绍庚。

㉔胶柱鼓瑟：用胶把柱粘住以后奏琴，柱不能移动，就无法调弦。

㉕刻鹄类狗：此为"刻鹄类鹜"与"画虎类狗"两个成语的活用。鹄，天鹅。鹜，野鸭。想刻只天鹅，却像只野鸭；想画猛虎，却画成了一只狗。

㉖优孟衣冠：优，古代表演乐舞、杂戏的艺人。

㉗波戈：旧时指文字的笔画。钟王：指我国古代书法家钟繇和王羲之。

㉘柳子厚：即柳宗元。

㉙跛鳖（音 bǒ biē）：瘸腿的鳖。

㉚五华书院：自明嘉靖三年（1524）巡抚王启建立至清光绪二十九年（1903），379 年的历史长河中，一直是云南最大的一所全省性书院。

㉛骊山之坑：指秦始皇的焚书坑儒。党锢之狱：即党锢之祸，指东汉桓帝、灵帝时，士大夫、贵族等对宦官乱政的现象不满，与宦官发生党争的事件。白马之流：指白马驿之祸。天祐二年（905），朱温在亲信李振鼓动下，在滑州白马驿（今河南滑县境）一夕杀死被贬文官所谓"衣冠清流"者三十余人，投尸于黄河。史称"白马之祸"。

㉜服豕以耕：即以豕代耕，用猪代替牛来耕地。

㉝束猴而冠：由成语沐猴而冠演化而来。

㉞禹鼎：传说夏禹以九牧之金铸鼎，上铸万物，使民知何物为善，何物为恶。秦镜：传说秦始皇有一方镜，能照见人心的善恶。

㉟仗马寒蝉：仗马，指皇宫仪仗中的立马。寒蝉，天冷时叫声低微的蝉。

㊱苏武羝乳：羝，是公羊。羝乳，公羊产乳。

㊲壬申问书：指刘春娘于同治十一年（1872）的来信。

㊳士习偷靡：士习：读书人的风气。偷靡，靡衣偷食。亦指奢侈的生活。

㊴踠(音 wǎn)地：踠，屈曲斜垂着地貌。

㊵荆妻举桉（音 ān）：荆妻，对人称己妻的谦词。举桉，举起托盘以进奉食品。桉：同"案"。

㊶东隅已逝，桑榆非晚：东隅，指日出处，表示早年。桑榆，指日落处，

表示晚年。

㊷箕颍：箕山和颍水。相传尧时，贤者许由曾隐居箕山之下，颍水之阳。后因以“箕颍”指隐居者或隐居之地。

㊸昃(音 zè)：太阳偏西。

㊹连襼(音 yì)：襼，衣袖，犹联袂。

㊺靡所定处：没有安居的好地方。

㊻此也数米，彼也量柴：出自成语数米量柴，形容生活困窘。

㊼漏瓮焦釜，其何能沃：出自成语漏瓮沃焦釜（音 lòu wèng wò jiāo fǔ），用漏瓮里的余水倒在烧焦的锅里。

㊽九仞一篑（音 jiǔ rèn yī kuì）：成语“为山九仞，功亏一篑”的略语。比喻功败垂成。

㊾馎饦（音 bó tuō）：汤饼的别名。古代一种水煮的面食。

㊿君家：你家，指刘春烺的刘氏家族。河间梁孝两贤王：指河间王刘德，汉景帝第二子，西汉藏书家，和汉梁孝王刘武。

(51)尼山：原名尼丘山，孔子的出生地，此代指孔子。

(52)豚肩不掩：豚肩，即猪腿，这里指祭祀品。

(53)浣濯(音 huàn zhuó) 而朝：浣濯，洗涤。此指洗涤衣服。穿着洗涤后的衣服去祭祀和朝拜，比喻很节俭。

(54)夷吾：即管仲，名夷吾。分金：即指管鲍分金。

(55)堂阜脱囚：堂阜，邑名，春秋齐国重镇。著名掌故“管仲脱囚”就发生在这里。

(56)沮（音 jǔ）尼溪之封：沮，阻止。齐景公欲以尼溪之田封孔子，但因晏婴阻挠，没有成功。

(57)吴宫：三国时孙吴曾于金陵建都筑宫。

(58)仁寿：即仁寿殿。是颐和园行政区的主要建筑。

(59)袁家渴：为柳宗元《永州八记》景点之一。华子冈：王维隐居地辋川别墅中的风景点。庾信小园：指庾信的居所小园。

(60)万世不易：指永远不改变。

(61)祖龙：指秦始皇，妄想万世相传。

㉒哲嗣：哲子，对别人儿子的尊称。

㊹杨玠腹藏：明末清初周亮工所著的一本见闻札记，其在《书影》中载有一事：杨玠娶崔季让女。崔家富图集，殆将万卷。成婚之后，颇亦游其书斋。既而告人曰："崔氏书被人盗尽，曾不知觉。"崔遽令检之，玠叩腹曰："已藏之经笥矣。"经笥：指肚子里的学问。其实崔家的书并未被盗，只不过被女婿杨玠读了，都装进了他的肚子。

㊽南郡生：专指热衷于功名利禄的人。

㊾陈遵：汉代人，好客。为了留住客人，把客人车上的辖取下来投到井里。

㊿闵子：指闵损。春秋时鲁国人，孔子七十二弟子之一，在孔门中以德行和颜渊并称。矫：直也，矫正弯曲。比喻纠正偏邪。

67不特：不仅，不但。王阳：即王守仁，浙江余姚人，世称阳明先生，故又称王阳明。明代最著名的思想家、哲学家、文学家和军事家。

68牛帅：指牛僧孺，字思黯，安定鹑觚（今甘肃灵台）人，在牛李党争中是牛党的领袖。

69燕然铭：亦称"燕山铭"。指东汉窦宪破北匈奴、登燕然山刻石记功，后班固（字孟坚）所撰的《封燕然山铭》。

70廊庙：指朝廷。

71伧者：古代讥人粗俗，此句笔者自谦为鄙贱的人。

72中朝：即"内朝"。亦指朝廷之中。

73荆州之筵：此指三国时关云长单刀赴会，全身而退。

74华山坠驴：由道士坠驴演化而来。

75长沙坠马：梁怀王是汉文帝的第四个儿子，是坠马而死的，他的太傅是贾谊，贾谊认为这个事是自己的失误造成的，没多久也内疚而死。

76张子房：即张良，汉初父城（今河南宝丰）人，汉高祖刘邦的谋臣，秦末汉初时期杰出的军事家，汉王朝的开国元勋之一，"汉初三杰"（张良、韩信、萧何）之一。陈孺子：指陈平，西汉阳武户牖乡（今河南省兰考县）人，以谋略见长。邓仲华：南阳新野（今河南省新野）人，东汉开国名将，云台二十八将之首。

⑦公忠体国：指尽忠为国。急公好义：热心公益，见义勇为。

⑧庄生之龟：庄子曾拒绝楚王之聘请。

⑨嵇叔夜：即嵇康，三国时曹魏文学家，"竹林七贤"之一。

⑳狄怀英：即狄仁杰，唐代并州太原（今山西太原）人。武则天时期宰相，杰出的政治家。

㉛介子绵上：出自典故"介子推守志焚绵上"。

报丹崖书

李澍龄

　　九九天过，孟嘉帽落①。三三径塞，蒋诩杯空②。冷雨侵阶，藤稍露滴。秋风遍野，陇首云飞。黄叶打窗，清飔扫门。故纸压床，旧书横榻。棠泣露而逾白，菊饮霜而自黄。襄阳之故人③已疏，大临之诗兴易败。孟韩联句④，每忆城南。李杜相思，常吟渭北。草木黄落，兰菊不芳。萧综北渡⑤，落叶惊闻⑥。符朗南归，流波骇见。加以河流东下，雁影南飞。檐鸟呼晴，林鸦噪晚。蒹葭何处，珠玉不来。一日四时，三回九转。窃以老子生于苦县，太白故是流人。前身合是刘蕡，此生难为徐渭。昔作长卿之西去⑦，未遂蝇头。今为罗隐之东归，仍附骥尾。求无厌而施不倦，屡分鲍叔之金不望报。亦非沽名，早焚孟尝之券。仆惭庄叟，何欣惠子之知余⑧。君是徐陵，更代魏收⑨以藏拙，心乎爱矣，感胡可言。

　　养园之筑，几费拮据。借深柳为书堂，喜砚田无恶岁⑩。舌堪糊口，安排贾范两长头；青出于蓝，或有苏张双大手。传家学于孔僖，愿稽古⑪于桓荣。停车则问字而来，牧豕则听经而去。马帐当年曾传卢郑，程门异日不少游杨。为世运造人才，河汾有房杜褚虞⑫诸子。为名山传世业，鹅湖⑬则尹范黄辅其人。则致用穷经⑭、固知富贵非吾愿，箕山颍水聊为隐者之所盘旋耳。犹幸潘岳奉亲，茅容养母，瓶罍⑮无尸饔之叹，鸡豚惟口体之娱。花名蠲忿⑯，华黍⑰吹笙；草可忘忧⑱，兰陔⑲奏雅，魏征入王圭之室，门多长者之车。郭泰登季伟之堂，庭有高人之躅。

犹复鸳镜⑳方摧，鸾胶㉑又续。宝琴零落，锦瑟重调。继正室于钟繇，伴细君㉒于方朔。虽孺仲愧贤妻之目㉓，而孟光㉔有偕隐之心。矧其通书知字，习礼明诗。裱缃则宋祎㉕通经，签轴则左芬读史。色丝少女解曹娥荠臼之词㉖，银管金泥摹卫氏簪花㉗之格。或三红题句花下催腔，或五白呼卢㉘樽前赌韵。青衫红袖㉙，挑灯则磨墨以需华发㉚。酡颜捧砚，则呫毫而待风情。何逊褰帷，听白藕之吟老大。刘郎㉛对镜，惹红桃之笑。闺阁不无谈友，床笫亦有知音。岂我辈之多情，实文人之清福。即此已足，讵敢求多。又况梅子红攒，竹孙绿苗，未拟凤毛与犀角。遄云驹齿而龙文，漫希肯堂之功，或得贻厥之力，惭若父不如侬父，信吾儿不及若儿。名逊元同，拟似续之。得魏谟学输伯起，冀子孙之有杨奇，然而理数难齐报施。或爽重华㉜协帝，身处前后之艰。伯鲧㉝无功，胡乃子孙皆圣。是知王门养矩，谢门览举㉞，固世间罕见之端。而韩家阿买，杜家阿宜，亦吾人适然之事。苟不至如巨山无儿之诮，原不必如衮师属对之贤。

矧芝兰桂树，不必同根。亚子仲谋，尤难并世。尧舜古帝也，而朱均㉟皆弗类。武周圣人也，而管蔡㊱乃并生。魋牛㊲同气判贤奸，禽跖㊳同胞分圣盗。一熏一莸器不相侔，一龙一猪成败尤殊。天心难问，人事何如。是以人伦天趣，饶有余欢。儿女江山，自得至乐。盛世不无王霸，熙朝亦有梁鸿。时而编管子之床，时而煅嵇康之灶。陶菊周莲㊴香而可嗅，宋风谢月㊵清而成吟。此善卷被衣㊶，品自高于巢许，雄陶灵甫㊷，名不亚于皋夔也。

仆本弃材，质同散木。优游自逸，匏落何伤㊸。胡以生际不辰，运遭呼癸㊹沸腾。甚于周季怀襄㊺，不减尧年。人叹其鱼，岸不见马。桑田倏为沧海，泛宅尽是浮家㊻。苞粮浸而牵于木颠㊼，囊橐空而浮于屋上。千村尽没，万室无烟。尸骸逐浪以浮沉，鸡犬随波而上下。阴雨宵暝如闻鬼哭之声，腥风昼号似助鼍㊽鸣之吼，伤心惨目有如是耶！

仆于七月初二日，闭门听雨。七日淫霖，窗昏昼晦。初八日晨起，天眼方开。凭轩直视，水天一色。雨漂高凤之麦，蛙游庾信之园。扬雄之儋石已空[49]，张超[50]之四壁无立。拟巫臣之尽室偕行[51]，恍淮南之拔宅而升脱。不乘飞鹢而来，几乎骑长鲸而去。于十二日申刻，至八角台镇居焉。昏垫[52]之余，忽逢爽垲[53]。家人惊喜，咸庆再生。讶人间尚有康庄，知天壤不皆泽国。既割郈成之宅，又指子敬之囷。梁肃之米盐细碎，未尝挂口，如取如携。裴度之鸡鱼葱蒜，逢着便吃，维宜维有。季雅为邻，僧珍作主。兹为仁里，便得安居。以足下频年御李，不惮援手之烦。愧鄙人每岁依刘[54]，绝少出头之日。既作白驹之絷，遑言黄鸟之旋[55]。赍[56]粮送酒，虽为两姓之婚姻，合爨分房[57]，俨若一家之眷属。

犹忆中秋望后[58]，足下来自潢南。昕夕过从，诗酒谈宴。或字谙亥豕[59]，或误辨妃豨[60]；或读更生之《说苑》，影照青藜[61]；或拟知几[62]之《史通》，编排青简；或共检《诗牌》[63]，樽开北海[64]；或分题画帧，帖法东坡。落纸而风雨惊飞，挥毫而木叶乱下。金粟[65]飘而桂花落，玉露坠而篱豆残。昔庞公之于德操，浑主客而不知。尹敏之遇叔皮，几寝食之俱废。数载离怀，一朝倾吐。近来欢会，此乐为多。几日南旋，又复北去。自君别后，甚无好怀。我辈知交，从来无几。穷愁之下，青眼[66]伊谁。只以狂伧托大[67]，得罪五一龙断山公。因往拜之来迟，乃托词而不纳。后在茶酒会中，敷衍一面，察诸葛子瑜之容，似有赧色，过此一往未之。或知彼虽不至抗颜以谢我，我亦过门而不入矣。

至于道学先生[68]，今之古人，傲似正平，懒如叔夜。怀葛牖下，人迹罕到。非我老伧，敢通音问。余子比比，亦奚以为，亦惟携三寸不律，传食于永和酒肆及东西质库[69]中。类佣匡鼎之书[70]，胜卖邠卿之饼。以不时之酬应，作无味之周旋。虽曰孔方兄有绝交之书，不信管城子无食肉相也㉗。

日昨，伏波矍铄翁，来自潢南，知源记初十日开张。贺客云集，毂击肩摩㉒。主是田文宾，为猗顿㉓人。皆姓伟里，号鸣珂。坐客尽鸥夷象郡㉔，读史迁货殖之书㉕。高朋皆鹤盖，牷车识中立。集贤之里，既握陶朱㉖之算，必累卓氏之资㉗。奇货可居，多钱善贾。驷骑连接，阛阓知名。引企下风，不胜翘祝。迩以水涸山枯，米珠薪桂。一天穷鸟，遍地哀鸿。歌杼柚而告空，赋苕华而鲜饱。特恐鸠形鹄面，化作猬斧螗锋㉘。安知硕鼠牂羊㉙，不为童牛獖豕㉚。楚蹻鲁跖阶之厉，毒蛇猛虎为之驱。卫叔宝渡江而百感苍茫，王伯舆登山而几回怅眺。陆士衡所以有故国之悲，周伯仁所以下新亭之泪也。

仆自羁客，转为恨人。陈孺子何以为家？沈初明不堪寥落。庾兰成向来身世惆怅偏多，陶靖节归去田园荒芜太甚。依惠连之亲串，大可疗贫。以仲宝作主人，岂非天幸。猥以张衡㉛不乐，吴质长愁。亭伯忧多，渊材恨永。忏文人于萧绎，泪洒兰陵。寻高蹈㉜于梁鸿，怆怀海曲。宾戏㉝孟坚之拙客，嘲扬子之穷。乏王微之文藻，竟尔途穷。无谢朓之才情，偏逢运蹇。羊南城之泪流何事，张壮武之心疾已成。怀楚泽而吊灵均㉞，望长沙而思贾谊。代云陇雁㉟，江文通赋恨之余。月落梁空，杜子美怀人之候。李膺宾众，独忆林宗。刘尹相知，惟思元度。因濠濮之乐永，乃苔岑之味同一。自庄惠寥落㊱，牙期旷绝㊲。黄金势重，白水㊳盟寒。伯乐常往，良骥不嘶。中郎难逢，焦桐㊴辍响。魏齐作虞卿之客，亡命何惭。羊舌容飂茂之投，不聊胡害。惟无遗于葑菲，尤必假以羽毛。自古皆然，今岂少异。

又闻阁下，期粮㊵得利若干。闻之者皆为君喜，余滋惧焉。盖贪字之形近于贫，利字之旁有倚刀。言利在即害之所伏也。夫天地之财，不过此数。此有所赢，彼有所缺。日月盈虚，长而必消。大捷之余，还虞小挫。势有必至，理有固然。况钱字之形，一金两戈。利之所在，人尽争之。彼欲取盈，我固不甘居其少。我求其胜，而谓人之求败乎哉！知足不辱，知止不殆，愿三复之。姻仲⑪器识才智，超越凡辈。似不必以扪籥挈壶㉒之见，贻献芹负曝㉓之讥。但以智者千虑，不无一失。愚夫百虑，亦或一得。海岳不弃涓埃，故能成其高深。圣贤不遗卑迹，故能广其识量。姻仲苟为刍荛之采，鄙人敢效葵藿之诚。覼缕谫陈，幸勿为怪。特恐姻仲当全盛之时，恶闻此扫兴之语，未免以鄙人为不入耳之言，来相劝勉耳。山窗木落，拟大圜传。通问之书，塞岭篷飞。望何季返乡园之驾？

　　此信载于《李龙集·卷四·养园漫稿下卷》，写于光绪十四年（1888）晚秋时节。

【注释】
　　①孟嘉帽落：孟嘉是东晋时大将军桓温的参军。曾在重九登高酒会上乐极而疏狂无束，落帽后尴尬而能自圆其说。
　　②三三径：宋杨万里于东园辟九径，分植不同的花木，名曰"三三径"。蒋诩：汉杜陵（今陕西省西安）人，以廉直名，王莽执政，告病返乡，终身不出。他庭院中有三条小路，只与羊仲、求仲二位隐士来往。后来人们把"三径"作为隐士住所的代称。
　　③襄阳之故人：孟浩然，唐襄阳（今湖北襄阳）人，诗人，世称"孟襄阳"。因作《过故人庄》一诗而有此称。
　　④孟韩联句：即《城南联句》，作者是唐朝诗人韩愈和孟郊，全诗154韵、共308句。采用一人一句的创新书写手法，即跨句联法。后人将采用这种手法写出的诗词作品统称为联句诗。
　　⑤萧综：南朝梁武帝第二子。北渡：指萧综叛梁降魏。

⑥落叶惊闻：萧综名义上是梁武帝次子，其实是南齐东昏侯萧宝卷的遗腹子，这种特殊的身份，迫使萧综长大以后选择了一条叛逃梁朝的道路。

⑦长卿之西去：唐代著名诗人刘长卿，其诗作《献淮宁军节度使李相公》有"白马翩翩春草细，郊原西去猎平原"之句。

⑧庄叟：指庄子。惠子：即惠施。

⑨更代魏收：梁武帝太清二年（548）散骑常侍徐陵奉命出使东魏。当时天气炎热，东魏负责接待的魏收将这炎热的天气怪罪于徐陵的到来。

⑩恶岁：指荒年。

⑪稽古：考察古代的事迹。

⑫河汾：黄河与汾水的并称。隋代王通设教河汾之间，受业者达千余人。后以"河汾"指称王通及其学术流派。房杜诸虞：指房玄龄、杜如晦、褚亮、虞世南。唐太宗在做秦王时建文学馆，收聘贤才，共有18人，称为十八学士。以上四人均在其中。

⑬鹅湖：山名，亦为书院名，位于江西省铅山县北鹅湖山。

⑭致用穷经：致用，尽其所用。穷经，谓极力钻研经籍。

⑮瓶罍（音 léi）：泛指小口大腹的陶瓷容器。

⑯蠲（音 juān）忿：消除愤怒。

⑰华黍：先秦诗歌曲牌，《诗经·小雅》篇名。六笙诗之一，有目无诗。《南陔》《白华》《华黍》为前三篇，为宴飨之乐。

⑱草可忘忧：由忘忧草演化而来，忘忧草指黄花菜。

⑲兰陔：以兰陔为孝养父母之典。

⑳鸾镜：喻指夫妻。

㉑鸾胶：传说中的一种胶，能把弓弦断处粘在一起。后用以指男子续娶。

㉒细君：古代称诸侯之妻。后泛称妻子。

㉓孺仲愧贤妻之目：有一天，东汉王霸看到老朋友令狐子伯的儿子来访，仪容非凡，而自己儿子蓬发疏齿相形见绌，觉得很惭愧。他的妻子安慰他说，既然立志隐居躬耕，就不必为儿子蓬发疏齿感到惭愧。

㉔孟光：东汉贤士梁鸿之妻。

㉕裱绸（音 xiāng）：指珍藏书籍的精美函套。宋祎（音 huī）：两晋年间

著名艺妓。

㉖"色丝少女"句：指绝妙好辞，犹言妙文。曹娥：东汉上虞人，孝女。茾，同"斋"，今简化为茾。

㉗卫氏簪花：指皇帝最爱的卫氏簪花小楷。卫氏，世称卫夫人，名铄，字茂漪(272-349)，河东安邑(今山西夏县北)人，卫铄为汝阴太守李矩之妻，晋代著名书法家。

㉘五白：古时博戏的采名。呼卢：樗蒲，指掷色子，一种赌博的工具。

㉙青衫红袖：青衫是古时学子所穿之服。红袖：女子的红色衣袖。

㉚以需华发：即供给白发的丈夫所用。

㉛刘郎：指刘禹锡。

㉜重华(音 zhòng huá)：虞舜的美称。

㉝伯鲧(音 gǔn)：即鲧，姓姬。黄帝的后代，姒文命（大禹）之父。

㉞王门：指六朝时望族王导的王氏家族。谢门：即谢安家族。东晋时王导、谢安两大家族从北方南迁会稽（今绍兴），人称"王谢"。

㉟朱均：是指尧的儿子丹朱与舜的儿子商均。

㊱管蔡：即管叔鲜、蔡叔度，为文王子而武王弟也。

㊲魋（音 tuí）牛：即司马桓魋与司马牛兄弟的并称。司马，宋国主管军事行政的官。司马桓魋，是宋桓公的后代。

㊳禽跖：指柳下惠与柳下跖兄弟。

㊴陶菊周莲："陶菊"是指陶渊明脍炙人口的"采菊东篱下，悠然见南山"对菊花的赞美；"周莲"周敦颐"出淤泥而不染，濯清涟而不妖"对莲花的颂扬。

㊵宋风谢月：指楚国宋玉的《风赋》与南朝谢庄的《月赋》。

㊶善卷被衣：古代两位先贤的并称。善卷，相传为尧舜时隐士，他辞帝不授，归隐枉山（今湖南常德德山），德播天下，成为中国道德文化的渊源。被衣，是晋皇甫谧著《高士传》中记载的尧时高士。

㊷雄陶灵甫：传说舜有七友，这是其中两个朋友雄陶和灵甫的并称。

㊸匏落何伤：匏，古代对葫芦的称呼。何伤，何妨，没有妨害。

㊹癸：八卦的方位，指水。

㊺怀襄：谓洪水汹涌奔腾溢上山陵。

㊻泛宅尽是浮家：泛，漂浮。形容水势之大，人们只能以船为家。

㊼苞稂：田间丛生的野草，稂指狼尾草。木颠：树梢。

㊽鼍（音 tuó）：鳄科水中动物。

㊾儋石已空：形容家境贫寒没有存粮。

㊿张超：河间郑（今河北任丘北）人，东汉末年的文士。

51尽室偕行：全家人相伴而行。

52昏垫：指困于水灾。

53爽垲（音 kǎi）：高爽干燥之地。

54依刘：指投靠刘春娘。

55"既作白驹"两句：既然像白马驹一样被拴在这里过着安逸的生活，恐惧谈论回家去的念头。

56赍(音 jī)：送东西给别人。

57合爨（音 cuàn）分房：爨，烧火做饭。即两家虽然分房另住，却合起来烧火做饭。

58望后：望日之后。农历每月十五或十六日为月圆日，其后即为望后。

59亥豕：谓猪。地支与生肖相配，亥配豕。

60豨(音 xī)：指巨大的野猪。

61青藜：指夜读照明的灯烛。

62知几：即刘知几(661-721)，唐代史学家，彭城(今江苏徐州)人。高宗永隆元年(680)中进士。

63《诗牌》：书名，是宋朝诗人杨公远所著。

64北海：即孔融，曾在北海国（东汉郡国名，治所在今山东昌乐西）为相，故称孔北海。

65金粟：桂花的别名。

66青眼：指对人喜爱或器重。与"白眼"相对。

67狂伧（音 kuáng chen）：狂妄粗鄙。托大：故意提高自己身份，不拘小节。

68道学先生：指思想、作风特别迂腐的读书人。

⑥传食：辗转受人供养。永和酒肆：指刘春娘家的永和烧锅。质库：古代进行押物放款收息的商铺。

⑦类佣匡鼎之书：我好像匡衡那样，被雇佣为人教书。匡鼎即匡衡，西汉经学家，以说《诗》著称。

⑦"虽曰孔方兄"二句：意思是我被革职后，只有笔墨相随（"管城子"是笔的别称），只有笔墨无庸俗相，不像有些人都不愿和我来往了；而钱（"孔方兄"是钱的别称），更与我绝交了。

⑦毂击肩摩（音 gǔ jī jiān mó）：肩膀和肩膀相摩，车轮和车轮相撞。

⑦猗顿：战国时大富商。

⑦鸱夷：指的是一种皮革制成的袋子。象郡：秦在岭南所置郡，辖今广西西部、越南北部和中部。

⑦货殖之书：即《史记》中的《货殖列传》，专门记叙从事"货殖"活动的杰出人物的类传。

⑦陶朱：指范蠡，春秋末期楚国宛邑人。古代商人的圣祖，人称陶朱公。

⑦卓氏之资：卓姓亦汉族大家庭中一古老姓氏之一；卓姓产生于战国时的楚国，秦破赵后，迁卓氏于蜀之临邛（今四川邛崃），后以冶铁致富。

⑦猬斧螗锋：比喻微弱的力量。

⑦牂羊：母羊。

⑧豮豕（音 fén shǐ）：去势的猪。

⑧张衡（78-139）：东汉南阳西鄂（今河南南阳市石桥镇）人，汉朝官员，天文学家、数学家、发明家、地理学家、制图学家、诗人。

⑧高蹈：过隐居的生活。

⑧宾戏：班固（字孟坚）所著《答宾戏》一文。

⑧吊灵均：凭吊灵均。灵均指屈原。

⑧代云陇雁：喻指于边远地区收到的书信。陇雁：从国都长安传来的消息、书信。

⑧庄惠寥落：像庄子和惠子这样的先贤自古稀少。

⑧牙期旷绝：诸如俞伯牙与钟子期这样的知音已经举世无双。

⑧白水：指为盟。

⑧焦桐：古琴的别称。

⑨期粮：旧时商家以粮食放高利贷，借以获取利润。

⑨姻仲：指婚姻亲家，李龙石之小女嫁给刘春烺长子，故称姻仲。

⑨扣龠（音 yuè）挈壶：扣龠，是指那些不了解情况的人像瞎子摸到龠（钥匙）一样，瞎说一气。挈壶，用手提着壶。

⑨献芹负曝：献芹，指谦称赠人的礼品菲薄或所提的建议浅陋。负曝，指冬天晒太阳取暖。引申为所献微薄。

再报丹崖书

李澍龄

朔风扫门，落叶打窗，陇首云飞，岭头梅绽。自君之出，靡日不思。翘企潢南，何以有翼。

想丹崖姻仲，当酒阑客散，更深默坐候，亦应念桂秋酒肆中，分笺泼墨对语时也。因思人生欢会，本不易得。未审当时，何以错过。尝读前人集联云："莫放春秋佳日过；最难风雨故人来"二语①。情真意挚，耐人寻味。是知衣冠宴贺，酒食征逐。固不逮故人鸡黍，真率会②中之滋味长也。前在都门杂咏句云："活计残编枯管里；交情冷酒淡茶中。"陈思亮、文雪门③二子甚为击节。且云："人知热酒滠茶中，无甚滋味，方能作得残编枯管④里活计。此中况味，非过来人未易领会。所谓孔颜之乐何事？宜乎急索解人不得也。"

余自避水北来，爰得我所。既分郇成之宅，又结季雅之邻，给以鲍叔之金，贷以监河之粟。室家相庆，俯仰无虞。入门不闻交谪之声，行野绝少言旋之志。吉卜凤鹔⑤，君固不嫌于御李；歌兴鹊起，我则甚幸夫依刘。纵云孔李通家⑥，分财有几。不乏惠连亲串，收恤⑦无多。鄙人之遭，诚为溢量⑧。高堂健在，妻子无恙。温饱之外，抑又何求？昨故乡人来，言三小女家，已诹吉于新正六日迎娶。闻耗之下，不胜仓皇。连年水患，家室荡然。沉舟之厄⑨，一贫如洗。杼柚⑩随波淘尽，糊口不足，遑问妆奁？褴褛出水皆霉，御寒不足，遑云服饰？异日牵车相就，系羊姑无问孔淳。此时送嫁无赀，卖犬已难为吴隐。盖事礼宜从俗，固知儿女之情长。而无钱难作人。其奈英雄之气短何也。

仆本伧狂，时逢诧傺⑪。边韶恨永，孙楚愁多。韩十八有难送之穷，八代之衰徒起；欧六一拟惊秋之赋⑫，一朝之感劳形；陶元亮田园归去，已就荒芜；庾子山家世飘零，但增惆怅；笑史迁大笔，不传致富之书；恨岐伯仙方，未载疗贫之术；岂老子生于苦县，底是苦愁；矧太白故是流人，终归流落。徒有《三仓》⑬难一饱，笔砚当焚；早知八米⑭不疗饥，文章何用？昔作习勤之陶侃，运数虪不为劳。今为懒睡之缪公，过八砖犹觉短也。际此霜花冰屑，木落山空。梅瘦雪肥，葭灰⑮又飞动矣。知刘尹最思元度，而李膺独念林宗。能还来践偎炉之约乎？剪烛论文，予日望之。况阳生蜡近⑯，转瞬春明。礼闱密迩⑰，多士舒翅。领袖群英，君有分焉？虽有马工枚速⑱之才，亦宜稍作静息之思。多才多累，多艺多劳。满眼元规，何处插脚？归来无几，又欲西行。光阴迅驶，挥戈难驻⑲。丹崖具绣虎⑳之才，有卧龙㉑之志。一旦出风尘、假斧柯㉒，韩范司马之事业，不难再见。王茂宏谢安石不足道也！

自来名士间世而生，上而君相，下而师儒。穷达虽殊，功用则一。学在山林，名在天壤。一人之性，一代之风。昔闻其语，今见其人。彼所谓心禹稷而貌孔颜，借泉石而邀钟鼎㉓。如殷深源、房次律辈，诚非鄙人所敢希也。大抵名望逾高，酬酢愈烦。市侩宵小，借事生端，多口之憎，在所不免。隶奴惆纪㉔，不无指山卖磨㉕之徒。茶酒往来，尽多借帝卖酒之辈。古之人公不入言游之室，私不内泄柳之门，良有以也。况公门出入，尤易招摇。龙门中客㉖，狗洞中人。品格相去，奚啻天渊㉗。鄙谚云："一入衙门口，万人皆翘首。狗洞钻出来，共认牛马走。"又云："吃官一顿饭，赏官钱一万。若不出已囊，必为官司拉纤。"语虽鄙俚，婉而多讽。是知杜周甫之有言必告，固不如君家季陵之寒蝉不嘶也。以君高明，早在洞照。

固无烦鄙人之数数为也。归欤！归欤！甚以为望。靦缕之陈，万希容纳。借候侨吉，临颖神往。

此信载于《李龙集·卷四·养园漫稿下卷》，写于光绪十四年（1888）冬月，移居八角台（今台安县城）期间。

【注释】

①"莫放"联：为清孙星衍所撰。挂在北京社稷坛（今中山公园）来雨轩正门。"春秋佳日""风雨故人"，均有出典，前者源于陶渊明的《移居》；后者化自杜甫的《秋述》。

②真率会：宋司马光罢政归洛阳，常与故旧游宴，相约酒不过五行，食不过五味，号"真率会"。

③陈思亮、文雪门：二人均为李龙石好友。

④残编枯管：指把书翻破，把笔写秃。

⑤吉卜凤繇：指李龙石征择刘春娘的儿子为婿。"卜凤"为择婿的典故。繇通"籀"，即卜辞。

⑥孔李通家：喻李龙石与刘春娘两人交谊深厚，又结成亲家。

⑦收恤：得到的赈济。

⑧溢量：形容困难特别多。

⑨沉舟之厄：指李龙石全家乘船逃避水灾时，船翻入水中，损失严重。

⑩杼柚：原指纺织器具，此指衣食用品。

⑪诧傺：穷困，忧愁。

⑫"欧六一"句：欧阳修别号六一居士，著《秋声赋》。

⑬《三仓》：也作《三苍》。指汉初流行的字书《仓颉篇》《爱历篇》《博学篇》合为一体，称《三仓》。

⑭八米：北齐文宣帝（高洋）死后，命朝中文士每人作挽歌十首，择优选用。唯卢思道被采用八首，人称"八米"卢郎。

⑮葭灰：葭莩之灰。此指冬至时节。

⑯阳生蜡近：阳气已生，腊月临近。指过了冬至。蜡，古代有蜡祭，即

腊八。

⑰礼闱：指礼部考试进士。密迩：将近。

⑱马工枚速：此为成语，原意是对西汉两个辞赋家的评价，司马相如文章写得工整，枚皋文章写得多而快。后用于称赞各有长处。

⑲挥戈难驻：时光难留。

⑳绣虎：曹植七步成章，被称为"绣虎"，指有才气。

㉑卧龙：诸葛亮人称卧龙。

㉒假斧柯：比喻做官，掌握权力。

㉓借泉石：指借隐居。泉石，代指山水。邀钟鼎：达到出名而富贵的目的。钟鼎，代指权势、富贵。

㉔隶奴恫纪：指统治下属的办法、手段。

㉕指山卖磨：比喻夸大其词。

㉖龙门中客：指有声望的君子。

㉗奚啻天渊：岂止是天壤之别？

答丹崖子启

李澍龄

初二日申刻，张际兄到柜，索观来札。并询张际兄口述云云，知宵小鬼蜮局骗之势成矣。

事已至此，万难罢手。非我好事，激之使然。未识衙署批示若何？以呈而论，似无罅漏。验粮交价，原非矫强。现在粮样，陈腐不堪。彼已无辞，我翻有据。粮样不符，何以交价？揆之情理，差堪自信。特恐被告，先入关说。借重孔方阿堵，一言重于九鼎。左券①在此，左袒②在彼。于彼于此，未可逆料。阴人③叵测，不可不防。以鄙愚见，事不宜迟。鬼祟之谋，显然败露。我若退步，彼必争先。但看批出，可猜八九。作计东行，不可不预。

黄帝有云："操刀必割。"今日之事，岂不谓然？腊卯之失，误在心活。我之脚根，已占十分。偶一转环，陡然撒手。宽仁大度，人所共知。夫下手不太毒，作事不太尽，固我之大仁大义，留有余地也。乃小人不以君子为德，而君子反坠小人之术。一误再误，今是昨非。覆辙前车，可为殷监。且以君子之心，与小人之腹，忠厚刻薄，毫厘千里。养痈遗患，实由于此。盖断不胜慈，终归不断。仁能昏智，必至累仁。贤者受欺，多中此病。东仲思之然耶否耶？

况照帖盘粮，验粮交价。粮样太低，其曲在彼，其直在我，又何须人之左右之也？至于大义灭亲一节，似乎论不到此。夫圣贤处事，胥基仁义。即奸雄豪侠，亦无不以义为名号者。惟龙断鄙夫，趋利如鹜，并不知义为何物。此等贱丈夫，海上逐臭小儿之行。吾恐跐躇不为，直赵君都、张子罗之罪人矣。而欲借口于石碏也，得乎？

昔李白谒时相④，自称海上钓鳌客。时相问："以何物为饵？"曰："以天下无义丈夫为饵。"尤西堂论之曰："李青莲非真狂者。"贝锦之诗云："投彼豺虎，豺虎不食。夫无义丈夫，投之江湖。恐鱼鳖不食，其馀而谓巨鳌食之乎？"西堂之论，固属刻核。但为无义丈夫，开却一条生路，尚不如为太白作钓饵，俾葬于江鱼之腹也。

盖我辈处事，视义太重，每为无义子所弄。倘大义灭亲者，仍托名为亲而来。务须立定脚根，切不可为所转移也。矧此行恐已作矣，财已亏矣。倘再以陈朽低货，敷衍搪塞，无论谁何，不可轻易松口。即令使彼十分满意，亦万不能以我为樗蒲⑤队中之善士也。

潢南白局，历有年所。若能因我，永行停止，亦是大好事。此风一炽，伊于胡底。昔晋末卢雉⑥，风盛君家，盘龙⑦阿仲，一掷百万。此等局面，殆其似之。腊六两卯，一样葫芦。一则无粮，哀恳合回。一以朽粮，借口抵赖。总之，不过白手得钱。此等手段，已使惯熟。今大家合局，俱向我来。居心不良，已可概见。市井狡狯，甚于赌匪。切不可稍存余恋，冀再作同局之冯妇也！

尤可虑者，向来官绅，势如冰炭。我辈一有举动，官府未免多心。况我素非狗洞中人，彼堂上肉傀儡⑧，安能为我所颐指乎？又富商大贾，醵金献芹⑨。与门丁拜弟兄，为奴崽通庆贺。社鼠城狐⑩，蝇营狗苟。袖内出青蚨⑪，作鸱鸺笑者，且比比也。

我辈遇事，须自作主张。万不可轻听轻信，为彼所卖也。凡阛阓⑫穷波斯，皆欲食唐僧肉者。而假羊叔子之门面，暗里鸩人者，亦复不少。尤不可以其自号读书种子，即引为个中人，遽以肝胆相照也。交易市廛，党锢⑬成风。鬼魅伎俩，牢不可破。外来之客，入网难逃。向无几人，出其圈套。弦高杳矣，鸱夷子皮亦不复作。当此之时求一计，然吕不韦者不可得，况于货殖中求端木乎？

红尘穰穰[14]，何处是插脚地也？我何如人，而日与市侩枭獍[15]之徒斗智慧角雌雄耶！天壤甚大，何地无财？福赀巨万，无之不可。以财争气，窃为不取。且源记[16]同人，无一故旧。品行心术，俱不可知。执事之人，一味阴险。如此行为，焉有好事？借箸而筹[17]，诚难为计。未识尊意，以为何如？鄙人耄矣，智虑短浅。苦块[18]之余，方寸已乱。野人献曝[19]，敢布区区。临颖神驰[20]，诸维珍重！

附启者，凡事成于果断，败与姑息。一有顾恋，必受其欺。今日之事，似亦无所顾恋矣。盖人之所异于禽兽者，以其存心也，以其有伦理也。若灭亲是无伦理，无伦理是无人心。心既无矣，安得有义？亲已灭矣，而又不获于义，诚不知其可也。夫灭亲而义，君子犹或非之，况于不义而为之乎！此其不足顾恋者也。至源记执事某，尤不足道。凡食人之食，不忠人之事者，与无父无君等人，而负恩天良丧尽矣。夫犬饲于人，必不反噬。继见者犹知摇尾，以其不忘恩也。人而负恩，直犬之不若矣。此纪文达所以为义犬四儿立墓也。

此信载于《李龙集·卷三·寄窝钞存》，写于光绪十四年戊子（1888）腊月。

【注释】

①左券：古代称契约为券，用竹做成，分左右两片，立约双方各拿一片，左券常用作索偿的凭证。

②左袒：指在案件中倾向于赞同某一方或问题的某一面的。

③阴人：古时看风水、请神、做白事的人。此指在生意场上坑蒙拐骗者。

④时相：即宰相。

⑤樗蒲（音 chū pú）：古代博戏。

⑥卢雉：古代樗蒲戏中两种贵彩之名。

⑦盘龙：钗名。

⑧肉傀儡：以小儿后生辈为之。意即幼童在大人托举下表演各种技艺或戏剧。

⑨醵金：集资，凑钱。献芹：谦称赠人的礼品菲薄。

⑩社鼠城狐：社庙里的老鼠，城墙上的狐狸。比喻依仗权势作恶，一时难以驱除的小人。

⑪青蚨：传说中的虫，喻金钱。

⑫阛阓：街市、街道。借指店铺。

⑬党锢：指东汉桓帝、灵帝时，士大夫、贵族等对宦官乱政的现象不满，与宦官发生党争的事件。

⑭红尘穰穰：形容众多而杂乱的样子。

⑮枭獍（音 xiāo jìng）：旧说枭为恶鸟，生而食母；獍为恶兽，生而食父。

⑯源记：此指向刘春烺永和祥商号推销陈腐旧粮的一个狡诈奸商的商号。

⑰借箸而筹：出自成语"借箸代筹"。

⑱苫块："寝苫枕块"的略语。古礼，居父母之丧，孝子以草荐为席，土块为枕。

⑲野人献曝：比喻贡献的不是珍贵的东西。

⑳临颖神驰：意谓当我开始执笔书写之时，而感到一往情深，心驰神飞。多用于书信语体。

再复丹崖书

李澍龄

　　复冬四日，赍到华翰①。慰我单寒，且订归期。披读之余，不胜雀跃。所谓得刘公一纸书，胜于十部从事也②。备悉足下于嘉平③初六日，晋沈赴曾与九侍御之约。为固省垣裕民食起见，诚盛举也。

　　昔司马君实微时，以天下自任。薛河汭居乡以世道为念，东坡居士刻刻以天地民物为心。以及范希文《万言书》，郑侠《流民图》《救荒策》胥是类耳。第昔则燃藜夜，永校来照读之书。今则落月星疏，合咏晓行之句。处则圣功，出则王道，动静皆有裨益也。

　　鄙人不材，散木与世相遗，幸遂当归，岂存远志④。自惭止水，只合还乡。已作懒云，那堪出岫。隆中之对，早谢孔明。汶上之思，愿为闵损。漫说元龙豪气，遑云文举冰棱。室人谪我，杜子美之傲骨皆柔。婚嫁累人，宋广平之刚肠亦软。此闵仲叔不能不以口腹累人，梁伯鸾亦难言不因人热也。是知聪明之误人，甚于椎鲁⑤。境遇之困我，酷于兵刑。一介狂伦，名心已冷。半生落拓，壮志消磨。

　　盖君子不可存者争心，而吾人不可负者盛气。昔张廷尉为王生结袜，身愈下而望益尊。高将军⑥为太白脱靴，足虽污而不悄。张则取誉，李则招尤。一彼一此，得失昭然。覆辙前车，可为殷鉴。尝慕董宣汲黯朱云之为人，恐为罗隐刘蕡陈亮之所笑。艳其虚声，受其实祸，而后乃今知之矣。昔愿为晏婴执鞭之人执鞭，今愿为圯叟纳履之人纳履。结东汉申屠之屋，葺南阳诸葛之庐⑦。颍水箕山之下，即是桃源松乔怀葛之徒⑧，无非绮皓⑨悦我。时亲鱼鸟，任人呼作马牛。江山儿女，鸡犬桑麻。行将从雄陶灵甫善卷被衣诸子，同游于松扉云栋⑩间矣。丹崖手为天马，心是雕龙，峻号书淫，伶传酒德⑪。扬雄门外，好事常盈；谢谭庭前，杂宾罕到。读书不受古人瞒，眼空万古。为文不为今人卖，手辟千军。公干才高，颉颃七子⑫。孝标望重，压倒三张⑬。穆之则日书百函，孝绰则锦被十事。夺标不作子瞻第二，樊川第五之思齐名。又有耻居王后，愧在卢前之目⑭。经学则今之安世，《史通》则昔有知几。所藏皆古圣有用之书，所识皆当世知名之士。前身陶彭泽，后身韦苏州，卑卑者固不足道。大儿孔文举，小儿杨德祖，彼彼者亦奚以为⑮。此时名重一时，异日功垂后世。名士之生，间世一出。当今之世，舍君其谁？

　　所冀君为皋夔，我为巢许。在上者任其劳，在下者任其逸。既已古有其事，岂其今无其人？非余阿私，敢为标榜。丹崖居心，不如是耶！与九之约，必有成局。约不旬日，即可还辕。黍谷阳回，客星知返⑯。吾庐可爱，车马劳人。礼帏密迩⑰，转瞬春明。鸿胪一唱，名动九天。得意春风，红楼争看。驱车阛阓，何如走马长安之为快也。自嗤魄落，无分蓬莱，甚幸丹崖出人头地。一旦得志，展其经纶。桑梓樗栎，俱有荣施⑱。葭莩茑萝，咸资依赖⑲。玉树翘秀，亦兼葭之光也。

　　辽水左右，饥荒满眼。老弱冻馁，不堪言状。呼天不应，吁地无门。九重万里，何处请命？沙岭赈恤，尤骇听闻⑳。市侩衙胥，下上其手㉑。奸商刁监，联为一气。官府所颁，原系银钞。或换外镇杂贴，或换集市混钱。书差乡保，过手侵渔。刻扣不足，縻以路费。折准之所余无几，皇恩之下逮何归。如彼如斯，然耶否耶。

　　鄙人数年以前，凡遇此等事，必攘臂奋袂，不谙时务，越俎而谋㉒。知我者有太阿杀狗，昆吾切泥之惜㉓；不知者有以莛撞钟㉔，以卵击石之讥。自夜郎归后，不复敢拨懒残工夫㉕，为俗人拭涕也。此种民情，早在洞鉴。异日出身加民，嘉谋入告，当为数十万无告生灵，驱此豺狼枭獍耳㉖！

　　昔君往矣，落叶打门。今君来思，霜花载途。俯仰之间，已为陈迹。湟南翘首，决眦欲穿。官道则两行驿柳，应兆君染汁之祥。雪窗则一缕茶烟，冀践我围炉之会㉗。

　　此信载于《李龙集·卷四·养园漫稿下卷》，写于戊子年（1888）冬月。

【注释】
①贲：文饰。华翰：敬辞，称对方的书信。
②刘公一纸书，胜于十部从事：《晋书·刘弘传》："弘每有兴废，手书守相，丁宁款密，所以人皆感悦，争赴之。"咸曰："得刘公一纸书，贤于十部从事。"后用以为典。
③嘉平：为腊月的别称。
④"幸遂"两句："遂"指称心如意。"当归""远志"是两种药材。此处分别喻意为"归隐"和"远大志向"。
⑤椎鲁（音chuí lǔ）：愚钝，鲁钝。
⑥高将军：即高力士，唐代的著名宦官之一。唐玄宗的贴身警卫，武功超群。
⑦东汉申屠：指东汉学者申屠蟠，以树为屋，隐居苦读，博览贯通五经。诸葛之庐：诸葛亮以茅草为屋。两人都是清贫苦寒之贤士。
⑧颍水箕山：相传唐尧欲把帝位禅让给高士许由，许由不受，洗耳颍水，隐居箕山。松乔怀葛：喻指古帝先贤。松乔，神话传说中仙人赤松子与王子乔的并称。怀葛，无怀氏、葛天氏的并称。二人皆为传说中的上古帝王名。
⑨绮皓：指绮里季。汉代著名隐士，"商山四皓"之一，他曾力谏汉高祖刘邦废太子之事。
⑩松扉云栋：指高大华美的屋宇。

⑪书淫：旧时称嗜书成癖，好学不倦的人。酒德：指《酒德颂》一书。

⑫颉颃七子：与建安七子均不相上下。

⑬孝标望重：刘孝标德高望重。孝标，即刘峻，字孝标，南朝梁人。三张：是西晋文学家张载与弟张协、张亢的合称。

⑭"又有"两句：杨炯写的《王勃集序》，对王勃的才华给予很高的评价，但有人讲初唐四杰"王、杨、卢、骆"排序时，杨炯却说了句"吾愧在卢前，耻居王后"。

⑮"大儿孔文举"三句：意思是说，名气大的孔文举（孔融），名气小的杨德祖（杨修），也就这俩小子还对付。其余那些人，提都提不起来。

⑯"黍谷"两句：黍谷，山谷名。在北京市密云区西南。客星：指彗星、新星或超新星。因其犹如客人般来临又离去一样，故称。

⑰礼帏密迩："礼帏"应为"礼闱"，指古代科举考试之会试，因其为礼部主办，故称礼闱。密迩：很接近。

⑱桑梓：古代常在家屋旁栽种桑树和梓树。后人用"桑梓"比喻故乡。樗栎：樗和栎是两种树名，古人认为这两种树的质地都不好，不能成材。荣施：誉人施惠之辞。

⑲葭莩茑萝：葭莩，芦苇中的薄膜，喻关系疏远的亲戚。茑萝，又名密萝松，狮子草。咸：全，都。

⑳沙岭赈恤：指1888年辽河发大水，地处辽河下游右岸的沙岭灾情最重，朝野上下纷纷捐助钱物以救济贫苦灾民。尤骇听闻：使人听了非常吃惊、害怕。

㉑衙胥：旧时衙门里的小官。上下其手：比喻暗中勾结，随意玩弄手法，串通作弊。

㉒攘臂：捋起袖子，露出胳膊表示振奋。奋袂：挥动衣袖。不谙时务：不了解当前的重大事情或客观形势。越俎而谋：俎，古代庖厨切肉的砧板或祭祀时用盛祭品的器具。管切肉的人去代替别人出谋划策。

㉓太阿：剑名。亦作泰阿，十大名剑之一，楚国镇国至宝，昆吾：周朝名剑，切玉如泥。相传是用昆吾石冶炼成铁制作的刀剑。相当于"鹿卢""太阿""属缕"。

㉔以莛撞钟：用草茎打钟，毫无声响。莛，草茎。

㉕夜郎：原为夜郎国国名，此处李龙石自比夜郎，有自谦自责之意。懒残：衰残。

㉖嘉谋：高明的经国谋略。无告生灵：指有苦无处诉的人。豺狼枭獍：意为鱼肉百姓的禽兽。豺狼，豺与狼是两种不同的动物。枭獍，相传枭是吃母的恶鸟，獍是吃父的恶兽，旧时比喻不孝的人。

㉗"冀践"句：希望你应该履行和我围着火炉相聚会时说的诺言。冀，希望。

谢东阁赐湖笔彩笺香珠
建茶并朱红印色小启

李澍龄

　　去华不第，迁客寄居①。异苔同岑②，双井一味。牙期琴在，庄惠杯欢③。相见而有语难言，不来而忆君转甚。玉京返辔④，酒肆消夏。昕夕过从，逐日畅叙。尹班相遇，殷卫清谈。萧曹却步，荀范失色。数年以来，兹乐为极。

　　昨惠笔笺、香茶数事，拜领之下，欣慰不胜。江淹才易尽，偏授笔于景纯。李善不能文，幸分笺于王逸。凤团⑤茶喜张君惠我等，陆敬舆受而不辞。龙涎香欣杨子⑥颁来，愧胡子远无以为报。澜生舌本如翻⑦陆羽之经，花染筐斑且镂范云之管。借芸香于荀令熏陶，则雨润檀栎啜茗碗于卢仝，唾咳而风生珠玉⑧。七襄莫报，什袭为荣⑨；至于红印之赐，光华夺目。琅环⑩紫印，赭如旭日照安榴⑪。玉碗丹砂，皎若晴霞。吐火齐案，映琉璃磁盒，火珠与血珀争辉。笺排翡翠，瑶函萍实⑫，共宝星⑬无色。愧孝穆珊瑚架笔，五花之石色琳琅。惭石军玳瑁装书，八宝之珠光璀璨。文艳彬郁红玛瑙，斑驳陆离⑭。赤琅玕⑮昌谷锦囊，因之焕彩。廷圭墨⑯匣，益足增妍。

　　从此牙签万轴，借君丹篆之光；即兹手翰数行，助我朱泥之色。对苏米图书，彝鼎⑰宛尔增新制。褚虞锦帙裱缃，自他有耀⑱。感君厚贶⑲，愿酬复古之诗；愧我疏虞，未答庭坚之句⑳。幸孝绰才分缀锦，敢借手以拜嘉。纵青莲㉑笔不生花，聊写心以鸣谢。此启。

此信载于《李龙集·卷四·养园漫稿下卷》。

【注释】

①"去华"两句：去年你参加会试落榜，我依然寄居在你的家中。

②异苔同岑：岑，指小而高的山。不同的青苔长在同一座山上。比喻朋友志同道合。

③"牙期"两句：这正如俞伯牙和钟子期一起在汉水抚琴相聚，共话知音，庄子和惠子举杯畅饮之后坐在抱犊河边展开关于"鱼乐"的辩论一样。

④玉京：帝都。此指北京。返辔：犹"回马"。

⑤凤团：宋代贡茶名。

⑥龙涎香：一种名贵的动物香料。杨子：杨万里，字廷秀，号诚斋，南宋杰出诗人。

⑦澜生舌本如翻：由成语"舌底澜翻"演化而来。舌头底下好像波涛奔涌。形容善于说话，说起来滔滔不绝。这里说茶香在口。

⑧风生珠玉：此句由成语"唾珠咳玉"演化而来，意思是言辞高妙优美，形容出言不凡。珠、玉，比喻妙语或美好的诗文。

⑨七裹：此指精美的织锦包装。什袭：原指把物品一层层地包起来，后形容珍重地收藏。

⑩琅环：传说中神仙的洞府，亦说天帝藏书的地方。

⑪安榴：安石榴的省称。也是石榴的别称。

⑫瑶函：玉制的书套。萍实：指吉祥之物。

⑬宝星：勋章。

⑭彬郁：美盛貌。斑驳陆离：斑驳，色彩杂乱；陆离，参差不一。

⑮琅玕：指美玉。

⑯廷圭墨：南唐墨官李廷圭(本姓奚，后赐姓李) 所制作的墨。坚如玉，纹如犀，自宋以来推为第一，世称"廷圭墨"。

⑰彝鼎：泛指古代祭祀用的鼎、尊等礼器。

⑱褚虞锦帙裱缃：褚遂良和虞世南两位书法大家书写的墨宝。锦帙，锦制的书套。裱，古同"表"。缃，浅黄色。自他有耀：从他们（指褚虞）那里

得到的光辉。

⑲厚贶（音 kuàng）：丰厚的赠礼。贶，意为赠、赐。

⑳庭坚之句：此指庭坚所作薄薄酒（词牌名）二章，取安贫乐道，闲适自在之意。庭坚，即黄庭坚。

㉑青莲：唐诗人李白，号"青莲居士"。李龙石中举后将自己的出生地"绕沟"，改名为"青莲泡"。故此借称自己。

寄丹崖说帖

李澍龄

　　连日作真率会，听发尊说无上法言，觉耳根清净，除却眼前多少尘障，扫去心头多少烦恼。但悔今是昨非，插脚孽海，几乎坠落茫茫，为风波汩没也。

　　东坡云："只因一念错，受此百年谴。"由今思之，岂不喟然。世之腐儒，动云辟佛，不知佛之与圣，两不相悖。子瞻云："佛无所不悲，故谓之大悲。"是佛之一片婆心，即孔子之胞与悲悯也。孔颜之乐何事，急索解人①，不得与佛之观大。自在拈花微笑②，同一解悟。至《般若波罗蜜多心经》，所以戒贪止妄。诞登《道岸》与《大学》得止，《中庸》戒惧，有互相发明者。彼三家村冬烘学究眼中，才识之无，买一本高头讲章，拾韩昌黎之牙后慧，作朱晦翁之应声虫。以不破孔子戒为口头禅者，相去奚啻霄壤③。至若面舜心跖，尧服桀行，溺酒色而不返嗜，贪嗔而不止者，假孔孟之门面，作奸盗之牌坊，诚卑卑不足道矣。

　　然而佛之一书，非有大聪明大智慧大学问大经纶者不足语此。使古今功名已就、事业已成之人，以佛言为觉悟。则韩彭必不菹醢④，嵇郭必不诛戮，卫霍⑤必不族灭，殷深源房次律亦必不为两截人。又何至有知进而不知退，知存而不知亡，知得而不知丧乎！若汉之党锢，唐之白马，宋之党人，明之东林，皆由于不明佛经，故未能当头棒喝⑥，梦中唤醒耳。

　　倘鄙人二十年前早入佛门，少有忏悔，必不至昆吾切泥，太阿杀狗。拔懒残工夫，为俗人拭涕耶！今而知从古由儒入佛者，其根器⑦固自不凡。所以王摩诘、贾长江、白香山、柳子厚、黄涪翁、苏长公辈，其气骨品格无不超越等夷也。

仆老矣，断不能登最上乘⑧，为佛门之高弟。然而与闻妙论似有皈依⑨，亦可与牧豕者属耳，门墙作点头之顽石⑩也。蒋苕生《临川梦》云："真豪杰，腔子内都忘了生死穷通，大英雄，睡梦中肯露出输赢成败。"佛经大旨，最忌利欲。孔子罕言利，孟子曰养心，莫善于寡欲。天下惟打不破利欲关头，误尽多少英雄，累坏多少豪杰！

盖常将生死穷通四字，放在腔子内，是以终身不免为输赢成败中人耳。坡老句云："长生未暇学，愿学长不死。"鄙人盖有味乎其言之也。夫《大学》始终一敬，《中庸》枢纽一诚，佛则兼之。佛之无形无声，即儒之不闻不睹也。佛之不生不灭，即儒之无声无臭也。佛之所以异于儒者，不过略事功而不言，而不知有大事功，方可以不言事功也。

盖《佛经》千言万语，与《大学》格致诚正⑪，互相表里。昔真西山⑫，作《大学》演义，不言修齐治平之效，似于《佛经》深有理会。明邱琼山⑬又从而补之，甚觉多事。昔孔子与老子、竺乾⑭同时，儒与佛老⑮从无一语相诋毁。可见圣人道大，并行不悖也。

午前母斯林、杨四⑯回到馆，不言所事，长跪而请，若甚戚者。余扶之起，而延之坐。询其来意，知为质田偿债，以求生活。特求鄙人为之先容，物值所值，因时作价。非敢掉仪秦⑰之舌，乞微生⑱之醯，以博取穷孟尝之美名也。况地既切近，望又不赊，在此之所费不腆，在彼之玉成已多。鄙人托大，已擅慷他人之慨。伊若操券而往，当不以鄙人为唐突也。

此信载于《李龙集·卷四·养园漫稿下卷》，写于寄居八角台期间。

【注释】

①"孔颜"句：朱熹认为"孔颜之乐"包括三个方面和三个层次。"鸢飞鱼跃"境界、"无一夫不得其所"境界和"万物各得其所"境界。索解人：指能够理解意义的人。

②拈花微笑：原为佛家语，比喻彻悟禅理。

③奚啻霄壤：多形容差距极大。奚啻，何止、岂但。霄壤，指天地。

④韩彭：韩信、彭越。都是秦末汉初人，刘邦手下主要将领。俎醢（音 zǔ hǎi）：剁成肉酱。

⑤卫霍：西汉名将卫青和霍去病皆以武功著称，后世并称"卫霍"。

⑥当头棒喝：出自禅宗，是禅门教学法的一种。比喻严厉警告，促使人猛醒过来。

⑦根器：佛教教义名词，指先天具有接受佛教之可能性。"根"，比喻先天的品行，"器"，喻指能接受佛教的容量。

⑧上乘：佛教用语，即大乘，一般借指高妙的境界或上品。诸父如来，正真正觉，所行之道，彼乘名为大乘，名为上乘。

⑨妙论：精妙的言论。皈依：为皈投或依靠之意，也就是希望投靠三宝的力量而得到保护与解脱。

⑩门墙：指老师之门。点头之顽石：形容道理说得透彻，使人心服。

⑪格致诚正：儒家八法规定。

⑫真西山：即真德秀（1178－1235），后世称其"西山先生"，南宋后期著名理学家。

⑬邱琼山：明代大学士，广东琼州琼山县人，能诗会文，又当过明朝宰相，人们把他出生地作为他的名字。

⑭竺乾：佛教。

⑮佛老：佛家和老庄思想的统称。

⑯母斯林、杨四：为八角台的贫苦农民。

⑰仪秦：战国时期纵横家张仪、苏秦的并称。

⑱微生：即微生高，春秋时鲁国人，孔子弟子。

寄东葛小启

李澍龄

　　自君旋里，无与谈者。残书半榻，日对古人。黄叶打窗，清风扫门。冷苔满畦，蛛网罥①户。室迩人遐②，离索不耐。

　　犹忆酒肆过从，晰疑论文。谭元逃禅，一窗风雨。居今稽古，畅快奚如。迩以二三从游，执经问难。短檠断简③，笔墨生涯。虽不至如子固之困形劳心，以役于事④。而开门七件事，逐日摒挡。不能不破懒残工夫，为此嗷嗷者，服役消差也。教读之暇，间以摹帖吟诗供消遣。管城即墨⑤，愧谢不敏。书则学俊不成，去而学丑。固自觉唐突钟张，凌铄羲献⑥。诗则学工不成，去而学拙。又不免贻讥颜谢，齿冷河梁⑦。而谓以褚虞⑧为奴隶，以李杜作衙官⑨也，得乎！

　　近来士子，每好揣摩风气。自章采南、孙莱山、洪文卿，出而汉魏六朝，滥觞翰苑⑩；自陆凤石、曹竹铭、王可庄⑪，出而赝欧伪柳，遍满都下。当此之时，虽得天梦楼复出，翁刘铁成⑫再生，亦不能与数子争先也。名士论诗，习气尤甚。温李⑬之流，尚工昆体。方回之徒，专祖西江。纪文达云："论诗有坚持一祖三宗⑭之说，一字一句莫敢异议。虽茶山之粗野，居仁之浅滑，诚斋之颓唐，宗派苟同，无不袒庇。"近来士习，岂不谓然？是以门户一分，必至矫激。党援一起，必至攀附。攀正人者，摹元祐之吟。附道学者，仿洛闽⑮之句。或慕巢许而傲皋夔，或羡沮溺而笑洙泗究之，或矜张訾李⑯茹苦而忌辛，或入主出奴⑰是丹而非素。读书无识，以言相高，笔札之余，焉有定见。此正朱子所谓外夸者，中不足也。晓岚尝谓："诗家之有江西，正如饮食之有海错⑱，可兼尝而不可常馔"。东坡比山谷诗⑲于江珧柱⑳，诚至论也。自古才人，互相底訾，篇章聚讼，开卷而有。吴瑞草云："岑参使北庭诗龙堆接醋沟㉑。"虚谷㉒注云："醋沟人所未知也。"杨升庵讥之曰："非惟人不知，方回亦不知，特为此言以掩后人耳。"夫方回南人，未知醋沟，诚亦有之然。杨以醋沟为水名，且在中牟诗，乃使《北庭作》不应杂此㉓，且接字亦无着落。又宋人送使辽诗，用紫濛二字。虚谷注："谓契丹馆名。"升庵驳之，谓是地名，且引晋书记为据。然考《慕容廆传》，邑于紫蒙之野，乃蒙字非濛字也。紫蒙二字于使辽诚为切当，然紫濛之为馆名，又安知非别有所出？而遽诋虚谷，为隔壁妄猜耶。后人论每偏于性之所近，如"到江吴地近，隔岸越山多"，或讥为田庄牙人诗；"秦地关河一百二，汉家离宫三十六"，或诋为算博士诗；"三尺短墙微有月，一弯流水寂无人"，或嘲为《偷儿行乐图》。皆未免太过。

国初汪蛟门先生，最不喜苏诗，或诘之曰："如春江水暖鸭先知，亦可谓不佳乎？"汪应之曰："鹅也先知，何独说鸭？"此等才人习气，吹毛求疵，所在恒有，不可不知也。至方虚谷谓陈后山，缩到江吴地近二句，为一句云："吴楚到江，分黄山谷。"缩"共君一夜话，胜读十年书。"云：话胜十年书，以为高古简老，究不如原句之自然流动也。鄙人一知半解，鸟语虫吟，曷敢骋款段于伯乐之前，耀鱼目于隋侯之室㉔。亦以春风秋月，云鹤渊鱼，因时寄兴，各适其天而已。前贤称读书著书，游好山水皆是厚福。鄙人读书无才，何敢言著。一丘一壑，自谓过之。但得山中高卧，苟不至以饥寒。老虽草衣木食㉕，南面王不与易㉖也。

自君之出，两度圆蟾㉗。桂飘菊零，岭梅行有望矣。能归来作围炉之约乎？扫雪烹茶㉘予日望之。

此信载于《李龙集·卷四·养园漫稿下卷》，写于寄居八角台期间。

【注释】

①罥（音 juàn）：悬挂。

②室迩人遐：房屋就在近处，可是房屋的主人却离得远了。

③短檠：是一种油灯的代称。檠指的是托灯盘的立柱。断简：即断简残篇，是指不完整的文章。

④"虽不至"两句：是说曾巩多年心神操劳，身体困乏，而为家事役使奔走。子固，北宋文学家曾巩。

⑤管城：说毛笔被封在管城，叫"管城子"。后因为毛笔的代称。即墨：亦称即墨侯，砚的别名。

⑥钟张、羲献：分别为三国魏钟繇、东汉张芝的并称和晋代王羲之、王献之父子的并称，都是古代著名书法家。

⑦齿冷：伤心。河梁：桥，指送别，此指李陵送苏武。

⑧褚虞：指唐代书法家褚遂良与虞世南。

⑨衙官：泛指下属的小官。

⑩滥觞：书面用语，指江河发源处水很小，仅可浮起酒杯，比喻事物的起源、发端。翰苑：文翰荟萃之处。

⑪陆凤石：同治十三年（1874），甲戌科殿试得中状元。曹竹铭：山东人。恩科顺天乡试，一榜三状元之一。王可庄：即王仁堪，闽县人，光绪三年（1877）丁丑科殿试一甲一名进士——状元，以上三人均擅书法。

⑫翁刘铁成：即翁同龢、刘墉、铁道人、成亲王。四人均为清代书法名家。

⑬温李：晚唐诗人温庭筠和李商隐的并称。

⑭一祖三宗：其中一祖指杜甫；三宗指黄庭坚、陈师道、陈与义三人。

⑮洛闽：洛学和闽学的合称，即程朱理学。北宋程颢、程颐为洛阳人，南宋朱熹曾侨居、讲学于福建，因有此称。

⑯矜张訾李：矜，自尊、自大、自夸。訾，毁谤，非议。

⑰入主出奴：原意是崇信了一种学说，必然排斥另一种学说，把前者奉

为主人，把后者当作奴仆。后比喻学术、思想上的宗派主义。

⑱海错：原指众多的海产品。

⑲山谷诗：北宋诗人黄庭坚别号山谷道人，为此人们亦称其为"山谷诗人"。

⑳江珧柱：干贝的一种。江珧的闭壳肌干制后叫江珧柱，是珍贵的食品。

㉑岑参：唐代边塞诗人。北庭：指汉代北单于所统治之地。唐设北庭都护府。龙堆：白龙堆的略称，古西域沙丘名。醋沟：亦称酢沟、酢渠，历史地名，战国时期郑国之地，以酿造业出名。

㉒虚谷（1823－1896）：清代著名画家，海上四大家之一，被誉为"晚清画苑第一家"。俗姓朱，名怀仁。

㉓中牟：位于河南省中部，东接古都开封，西邻郑州。《北庭作》：是唐代诗人岑参的作品之一。

㉔"曷敢"两句：怎么敢以劣马在相马大师伯乐面前显摆，拿鱼目到珍藏着稀世之宝"隋侯之珠"的人家去炫耀？款段，指跑得很慢的劣马。耀，显扬，夸耀。

㉕草衣木食：编草为衣，以树木果实为食。形容生活清苦。

㉖南面王不与易：就算是南面称王也不愿意交换某件事物。

㉗两度圆蟾：圆蟾，月的别称。此指月亮已经圆缺了两次，喻指两个月。

㉘扫雪烹茶：典故的主人公是拥立赵匡胤黄袍加身的陶谷。

馈东阁河蟹启

李澍龄

凉月如客，清风拂席，稻花香后，枫叶丹时。几度开樽，一番转毂。季鹰秋思，馔佐莼羹①；伯虎河干，味谐姜韭。故乡河蟹，甲于天下。趁此秋风，不嫌大嚼。既得登俎，宜公同好。

鄙人对兹介士②，自笑鲰生③。《博物》未娴，《尔雅》不熟。沈昭略且食蛤蜊，蔡道明误食蟛蜞。陆机吴味，几费猜嫌④。杜牧新诗，曾游沧海。缅扬雄而思郭索⑤，拟何胤而忆鲰蜩⑥。连琐蛒于石帆海月⑦，休怪无肠；擘蟹螯于青壳红膏⑧，定知有口。判团尖于篦蟪⑨，背呈虎豹之文，分大小于蝤蛑⑩，腹剖鹦哥之嘴⑪。狙挠冠带⑫，斑点胭脂⑬。

孟嘉落帽，未悉蝰蟳⑭；陶谷当筵，曾询蟛蚏⑮。菊天芦地，久酣霜露之风；橘绿橙黄，已饱江湖之味。贡糟糖于隋帝，指染珠玑；宴风月于钱王，肌分黄白。问同嗜于钱毗苏轼，味老三秋；谱佳名于北户西溪⑯，膏呈一品⑰。足下傅肱制谱，毛胜加恩。叨霜不止廿八枚⑱，饫露岂徒十二种⑲。吟诗诮朱劢之螯黑⑳，作赋讥严续之雌黄。金风桂粟㉑，漫嗤江上老渔翁；玉露霞觞㉒，窃比吴兴馋太守㉓。长卿㉔之文字横行，曾入王吉之梦；延之则胸蟠宝气㉕，戏闻诚斋㉖之呼。钱王孙之饷徐渭，暂陪玟瑰鸬鹚㉗；丁公默之送坡翁，权作蛮珍海错。惭皮袭美之寄陆天随，擘雪想南朝风雅㉘；愧梅尧臣之呈吴正仲，饕风供北宋杯盘㉙。

在丹崖，固不致垂涎；在鄙人，则愿分一饱。等卢纯之夹舌㉚，未解贪馋；羡毕卓之持杯，敢嘲饕餮[31]。铜壳玉脐[32]，愧我未浮南海；秋江明月，愿君同醉西风。异螺�9[33]不堪下箸，比蝤蛑[34]未足为鲜。倘登夏屋[35]，恐贻未堪持赠之讥；聊佐秋盘，庶免独食不仁之诮。

东葛赋性庄严，风度端凝，有顾雍李沆之目。于口腹耳目之欲，一无所好，惟遇鸭蟹二物，则手不释箸。尝谓京都以鸭为第一，关东以蟹为第一，然尤以三汊河为最，余与东葛有同嗜焉。自避水北来，每当蟹美之时，东葛辄侨寓于外，比及旋里，则数见不鲜矣。庚寅桂秋[36]，东仲返自都，而送蟹人适至，因分其半以赠。

东白[37]自记。

此信载于《李龙集·卷四·养园漫稿下卷》，写于光绪十六年（1890）庚寅农历八月。

【注释】

①馔佐莼羹：用餐时必配有水葵做的羹。

②介士：蟹的别名。

③鲰（音 zōu）生：浅薄无知的人。

④几费猜嫌：几费，不费。猜嫌，指猜忌嫌怨。

⑤郭索：蟹行貌。

⑥何胤：原文为何颖，南朝梁人。曾任建安太守，后隐居著述。餦餭（音 zhāng huáng）：饴糖。此指糖蟹（糟蟹）。

⑦琐蛣（音 suǒ qì）：又名海镜，今称寄居蟹。石帆：介类，附生于海中石上，肉可食。海月：一名窗贝，大如镜，白色，正圆，生于海中。

⑧擘：分削。蟹螯：蟹的第一对足。此代指蟹。红膏：指蟹黄。

⑨判：比较。团尖：蟹脐有圆或尖之分，圆为雌蟹，尖为雄蟹。蠞（音 jié）：一种海蟹。蝛：梭子蟹。头胸部的甲略呈梭子形，螯足长大，常栖于海底。

⑩蝟：蝟蠌（音 huá zé），形似蜘蛛，有螯如蟹。蜠（音 jùn）：一种大贝。有大小文彩不同之形，大而污薄（险）者名蜠。

⑪剖：分开。鹦哥嘴：螃蜞螯的别名。因螯色红似鹦鹉嘴而得此称。

⑫狙挠冠带：蟹壳像帽子，蟹足像带子。

⑬斑点胭脂：《北户录》载："蟹大小壳上布多作十二点深胭脂色，亦如鲤之三十六鳞耳。"

⑭螠蟳（音 yí xún）：即蟳蚌，俗称青蟹、梭子蟹。

⑮螃蚏：一种小蟹名。

⑯北户：此指《北户录》一书，唐段公路撰。西溪：指《西溪丛语》，宋姚宽撰。此书是记述风物的丛书，也有论蟹的章节。

⑰膏呈一品：把蟹肉的美味说成是最好的。

⑱"叨霜"句：指加封蟹的命令不止28道。

⑲"饫露"句：指加恩的蟹等水族超过12种。

⑳朱勔：北宋人。谄事蔡京，取奇石异卉进献，号称花石纲。流毒东南二十年，被称六贼之一，后被诛。螯黑：黑的蟹足。喻朱勔的暴敛。

㉑桂粟：桂树结成粟金一样的美果。

㉒霞觞：喻美酒。

㉓吴兴馋太守：即苏轼。

㉔长卿：此一语双关。西汉司马相如，字长卿，蟹也称长卿。

㉕延之：尤袤，宋朝人。官至给事中。他与杨万里、范成大、陆游被称为南宋中兴四大诗人。胸蟠宝气：即下面诚斋诗中说的器宝罗胸，气应为器。

㉖诚斋：杨万里，宋文学家。延之常与诚斋唱和，延之戏诚斋为羊，诚斋戏延之为蚌蟳。

㉗钱王孙：即钱良胤，明诗人。徐渭：晚号青藤道人，明朝人。诗文书画皆工，一生不得志，个性狂放不羁。玳瑁膏：指蟹的肉像玳瑁的膏脂。鸬鹚杓：刻有鸬鹚形的酒具。

㉘"擘雪"句：见到掰开雪白蟹肉时，就想到南朝文士饮宴谈玄的风流儒雅。

㉙"饕风"句：谓在北宋饮酒贪吃螃蟹之风盛行。

㉚卢纯：宋代诗人。夹舌：大口吃。

㉛饕餮（音 tāo tiè）：传说中的一种凶恶贪食的野兽，古代青铜器上面常用它的头部形状做装饰，叫作饕餮纹。

㉜铜壳玉脐：指蟹的形态。

㉝螺蠯：螺和蚌。

㉞蟳蟱（音 móu）：梭子蟹，螯长而大。

㉟夏屋：即大俎，盛肴馔的器具。

㊱桂秋：农历八月，桂花飘香，故名。

㊲东白：李龙石别号。

附录一

辽海文化名流为刘春烺书写挽联

跋

丹崖先生，辽东名宿。幼举孝廉，不亦仕进。见义勇为，好善乐施。甲午兵戈，挈眷入山。退步林泉，十载于兹。乙巳岁杪①，旅寓陪都。除夕绘图，元旦题诗。诗成五偈，命告一终。先生之品，璞玉浑金。先生之行，明月清风。先生之心，菩提金刚。先生之志，流水高山。丙午年正月，绘制河图。因夜深劳瘁，足下寒疾发作，自知不起。作游仙诗七绝五章，悼遇伤时。词旨凄厉，掷笔而逝。噩耗传出，大地哀伤。名流学士，挚友高朋哀挽之。

李龙石书挽联四幅：

（其一）

丹水向东流，看洞口桃花，幽鸟相逐，魂销碧海青鸾，石猴吊月虬龙舞；

苍崖横北镇，怅雨中山果，清风不归，极目白云黄鹤，天马行空蝙蝠飞。

（其二）

五百年慧果独钟，幸名士挺出②，问间山辽水，以还可能有几？忽讶玉楼赴召，天上收回，奈香车王孙，招魂不返，桑户③已归真，芙蓉欲哀蕙兰泣；

六十载昙花一现，怅奇才不隅，痛漠北潢南，知己又少一人，总教金粟光圆，尘缘隔断，而榛苓④彼美，民望何依，长沙徒作赋，鹦鹉食酸猿鹤啼。

（其三）

感恩知己我独深，任天荒地老踵顶难爵⑤，恨别片纸不通，或者此生缘尽；

天上人间君已去，恁海枯石烂情衷无止，倘托轮回不异，尚须异处重逢。

（其四）

玉案吏三界归来，正勾漏丹成，元英朱草泣红雨；

水晶箫一声迸裂，看文枢芒曜，碧海青天飞白云。

进士李子栋（字维桢）挽联一副：

榛芜横塞，兰茞不芳，山鬼郁牢愁，岩穴谁贻屈子赋；

薪火亲传，稚香莫证，水仙怀旧操，海天空泣伯牙琴。

朱佩兰挽联一副：

孺子久知为名宿，恨未能亲炙⑥门墙，大开茅塞；

彼苍⑦何必夺鸿儒，倘自此学分宗派，益想薪传。

杜恩波（字泮林）挽联一副：

出头地于五十九年，丹崖洞瓜种邵侯，木叶山菊栽陶令，戴管翁皂帽，抚盗跖黄巾，痛故里风烟满目，行救民水火热肠，像那般策上治安，德留桑梓，潢南潢北，国士无双，辽东辽西，清操少二，执绋送嫌迟⑧，再不想天道茫茫君弃世；

骑箕尾以春王正月⑨，张元伯阴灵惊觉，范巨卿白马凄怆⑩，溯城主芙蓉，呕长吉心血，看此日路隔阴阳，忆昔时交同李杜，以这等神伤作诔⑪，情切悲秋，魂去魂来，望穿关塞，身前身后，梦绕屋梁，束刍⑫哭恨晚，真可惜人生碌碌我绝音。

萧焕章(字怀锦)挽联一副：

唯老诚人有典型，情系茑萝，质惭樗栎，廿年内，读书谋事仰蒙无限栽培，痛深恩未报涓埃，倏亦骑鲸长逝矣；

识时务者为俊杰，学嗤守旧，治洞维新，数月前，演说牖民争觊一篇经济，叹硕望顿虚城社⑬，可能化鹤再来乎。

萧雨春（字沛三，广宁举人）挽联两副：

（其一）

五偈诗成，想见君为云里鹤；

三生缘浅，自惭身是梦中人。

（其二）

渤海仰才名，空谷逍遥，天子不得而臣，诸侯不得而友；

医闾归旅梾，登堂凭吊，梁木吾惜其坏，泰山吾惜其颓。

田璞挽联一副：

隔云山数百里，陡雁书飞下，聊慰久违，谁知尘海话沧桑，即与故人成永诀；

恨灵枢咫尺间，竟鹤驾匆归，未曾一奠，空教佳城⑭庆木叶，为埋才子顿增辉。

荣升挽联一副：

十载文字场，黄河以北，黑水以南，愧弄笔随馂饤⑮群儒，虚名太无赖，偏逼侬来，落落眼中人见，先生方才低首；

三年尘海别，客邸一逢，病床一话，冀筹措援沉沦大陆，造物最薄情，竟夺公去，滔滔天下事，教小子怎不伤心。

赵俊峰挽联一副：

实惠戴云天，忆昔年解衣衣我，推食食我⑯，知我爱我，匡我助我，睹环草而兴悲，依然故我；

深恩铭肺腑，念往日条陈动人，招抚救人，立人达人，济人安人，咏棠苓而洒泪，萎矣哲人⑰。

崔铭耀挽联一副：

东南半壁颂条陈，忆昔年，盗风肆起，时局阽危⑱，看此老倡首出山，单车就道⑲，处冰天雪地之中，安蚁聚蜂屯⑳之众，洒满腔热血，竭百炼精神，皂帽清高，黄巾下拜，似这般孤诣苦心㉑，令晚生倍增乙痛；

左右两河称保障，伤今日，元旦题诗，新春弃世，惜斯翁玉楼赴召㉒，冥府修文，当逆旅易箦㉓于先，虑秦楚构兵㉔于后，抱韩范隐忧㉕，怀邴王私痛㉖，志存君国，道韫林泉，像那等高风亮节，想先辈能有几人。

宫玉书挽联一副：

黄巾下拜古先生，忆昔年，解焚救溺㉗，耆老㉘歌功，蹈险㉙旅危盗跖就范，以纯儒面目，行菩萨心肠，上卫国条陈，施保民手段，识时务达机权，早回头先退步，辞旧岁而化鹤东归㉚，千里传闻千里痛；

皂帽隐居真长者，看此日，木叶山庄，高风宛在，丹崖洞里亮节犹存，抱锦绣文章，作芙蓉城主，谢人间尘世，住天上玉楼，惠连亲任昉友，徐孺奠季札伤，迎新春而骑鲸西去，几番怅念几番愁。

【注释】

①乙巳岁杪（音miǎo）：杪，末。指光绪三十一年（1905）底。

②挺出：突出；出众。

③桑户：此指亡者。

④榛苓：榛木与苓草。喻指贤者各得其所的盛世。

⑤踵顶：亦指顶踵，头顶与足踵。借指全躯。酹：把酒洒在地上表示祭奠或起誓。

⑥亲炙：谓亲身受到教益。

⑦彼苍：天的代称。

⑧国士无双：国士，国中杰出的人物。指一国独一无二的人才。执绋：用手拉着棺椁下葬时牵引柩入穴的绳索，送葬时帮助牵引灵车，后来泛指送葬。

⑨骑箕尾：指大臣死亡，亦指去世。王正月：刘春娘是正月去世，此说也是对死者的尊重。

⑩张元伯：即张劭，汝南人；范巨卿：即汉代范式，山阳金乡人。二人为生死之交。

⑪诔 (音 lěi)：古代叙述死者生平，表示哀悼（多用于上对下）。

⑫束刍：祭品。

⑬牖 (音 yǒu) 民：诱导人民。硕望：重望；高名。亦指有重望的人。城社：此指祭地神的土坛。

⑭佳城：墓地的意思。

⑮饾饤 (音 dòu dìng)：原意为供陈设的食品。比喻堆砌词藻。

⑯解衣衣我，推食食我：脱下衣服给我穿，拿来食物给我吃。

⑰萎矣哲人：喻指贤者病逝。萎，枯萎，凋谢。

⑱阽危 (音 diàn wēi)：临近危险。

⑲就道：上路，动身。

⑳蚁聚蜂屯：屯，聚集。像蚂蚁、螽斯一般集聚。

㉑孤诣苦心：指苦心钻研，到了别人所达不到的地步。

㉒玉楼赴召：文人早死的婉词。

㉓逆旅：常用以喻人生匆遽短促。易箦 (音 zé)：是用来作病危将死的典故。

㉔构兵：交战。

㉕隐忧：即内心里的忧愁；忧痛。

㉖私痛：个人的悲伤。

㉗解焚救溺：救人于水火之中。焚：火灾；溺：水灾。

㉘耆老：指在社会上有名望的老年人。

㉙蹈险： 犹历险。

㉚化鹤东归：指重新来到人世。

附录二

李龙石年谱

李恩轩　整理

1841 年(清道光二十一年,辛丑)李龙石出生于海城县三岔河西畔的绕沟(今盘山县古城子乡青莲泡村)。

李龙石原名李澍龄,字雨浓。号东白、西青居士。龙石,是他被流放逃脱之后,避难于京都时所起的名字。

其父李斗南,清道光年间贡生。母亲潘氏。

1847 年(清道光二十七年,丁未)

李龙石入学,在贡生王拔贡(本名王钦天,今沙岭乡热河台村人)书馆就读。

1857 年(清咸丰七年,丁巳)

李龙石与驾掌寺么屯村宋氏结婚。

1858 年(清咸丰八年,戊午)

李龙石十八岁,赴海城县试,因未拔前茅,触父怒,命之跪夜半。家教严厉,激志向学。

1859 年(清咸丰九年,己未)

李龙石再赴海城县试,叨列榜首,名达庠序。

1861 年(清咸丰十一年,辛酉)

李龙石入都(今北京)。住北京西城"月河寺"复习学业。

1862 年(清同治元年,壬戌)

李龙石参加顺天府(今北京)恩科乡试考中举人。

1863 年(清同治二年,癸亥)

李龙石赴京会试,因得罪当道,触怒宗师,含冤落地。在此期间与各地举子数十人,结游北京香山,写出他的第一篇代表作品:《香山记》和游香山七绝一首。

1864 年(清同治三年,甲子)

李龙石复去京会试,不第。

1866 年(清同治五年,丙寅)

李龙石父亲李斗南病逝。

1867 年(清同治六年,丁卯)

李龙石奉先父遗命,在牛庄开设的"万增明"商号,商业赔累,弃产抵债,致使家计日窘。

1874 年(清同治十三年,甲戌)

李龙石朋友推荐他到帝俄使馆作幕僚,他不攀援,赋诗辞之。

1875 年(清光绪元年,乙亥)

李龙石与韩小窗、尚雅贞、荣文达等名流在盛京(今沈阳)鼓楼"邸文裕"开设的"会文山房"创办了"会文堂诗社",以文会友。此时李龙石创作了"忆真妃""糜氏托孤"等子弟书唱段。

1880 年(清光绪六年,庚辰)

李龙石去昌图府怀德县访友,在途中看到遍地灾荒,饥民嗷嗷,百姓们对县令横行无忌的勒索,怨声载道。龙石公以"秽声噪沸,有玷官箴"为由替民陈情,控诉怀德县令张云祥徇私枉法事实。

是年李龙石又来到昌图,恰遇人民切齿痛恨的知府赵守璧寿诞之日,一些劣绅士侩们大肆摊派寿礼,强迫老百姓送"公正廉明"的巨匾。李龙石仗义执言控诉昌图知府赵守璧假公肥己,苛政虐民,贪赃枉法,包庇赃官的罪行。

赵守璧贿通抚幕,合串安插诬陷,恤奏斥草,革除李龙石的举人名位,又恤词以"干涉朝政"论罪,将李龙石逮捕入狱,押在盛京(今沈阳)乐郊监狱。

1881 年（清光绪七年，辛巳）

刘春烺、李如柏和奉天在籍的官绅三十一人，联名上书投保李龙石，但被赵守璧贿通的督、抚、宪等皆饱虎口，耐难反噬。投保被驳斥。

1882 年（清光绪八年，壬午）

李龙石被清政府处罪，遣配"萧关"（今宁夏境内）。在遣配途中幸得解差官李德福仗义营救之后，潜入北京，隐匿在同年好友徐少云府内（徐少云任清政府户部员外郎）。

是年，有临榆差役连来北京数次，大肆收索，皆不获而去。

1883 年（清光绪九年，癸未）

李龙石与在京的同流名士们，经常在徐少云府里相会，谈古论今，赋诗作文。李龙石吟赋古近体诗三百零八首，反映当时的社会政治和统治阶级的贪婪。

1884 年（清光绪十年，甲申）

李龙石应李穆门的聘请，设馆讲学（李穆门为清政府比部官）。

是年，李龙石的同年陈次亮（清政府农部官）推荐他代理清政府的五府六部、十三科道撰写公祭左宗棠挽联。后又由陈次亮向王爷陈述了李龙石的冤案。李龙石据理申诉，终于解除了罪名。

1885 年（清光绪十一年，乙酉）

李龙石在李穆门府里讲学之眼，和他同好文士们九人在一起分读史汉，各加评注，每相聚会时，互相辩证。此间李龙石撰写了《八一问答》等著作，已收载于《李龙集》。

1886 年（清光绪十二年，丙戌）

李龙石接到母亲患病消息，由北京返归故乡，归里后，建书室五间，设馆讲学，养亲教子，培育英才。

1888 年（清光绪十四年，戊子）

七月连降大雨，河水暴涨外溢，遍地行船，李龙石为避水灾，乘船北上徙居八角台（今台安县城），途中遇风逆沉舟，将船淹没，经打捞晾晒,损失大半。

1889 年(清光绪十五年,己丑)

李龙石寄居八角台,养亲课士,执经讲学。生活赖以朋友刘春烺援助。

1891 年(清光绪十七年,辛卯)

李龙石母亲潘氏病逝。79 岁。

1896 年(清光绪二十二年,丙申)

刘春烺倡议开浚碱河,李龙石协助刘春烺代表民意上清政府书,阐明挑河治水的道理,获得清政府盛京将军的嘉示。

1898—1899 年(清光绪二十四年—二十五年。戊戌,己亥)

李龙石和刘春烺在医巫闾山麓下的木叶山园隐居避乱,赏景赋诗。李龙石写吟《秋柳诗》《和王渔洋秋柳原韵》《和朱之藩秋柳原韵》等若干首,收载于《李龙集》。

1901 年(清光绪二十七年,辛丑)

世乱弥深,隐居在闾山的李龙石随刘春烺被辽河两岸的士民呼吁出山,拯救灾黎,与辽阳翰林冯绍唐、海城举人德彬等筹办团练,维持地方安宁,协助刘春烺起草《两河同盟书》《为设大团四乡公启》《禀军学两宪》和《禀销铃记》等建办团练文章。招安绿林豪客冯麟阁、张作霖等化盗为良。

1902 年(清光绪二十八年,壬寅)

张作霖与金寿山争夺保安地盘,角斗失败后,来到八角台团练。李龙石与刘春烺给增韫(新民知府)致信,保荐张作霖弃暗投明,不久被招为官军。

1907 年(清光绪三十年丁未)十一月,李龙石逝世。

【注释】

此文载于《盘锦文史资料》第二集,是李龙石曾孙李恩轩撰写。文中较详细地介绍了本地区文化名人李龙石的生平事迹，为便于读者了解当时的历史背景,特将其选入本集。